소년의

서경식의 독서 편력과 영혼의 성장기

눈물

서경식 지음 ● 이목 옮김

돌베
개

소년의 눈물
─서경식의 독서 편력과 영혼의 성장기

서경식 지음 | 이목 옮김

2004년 9월 13일 초판 1쇄 발행
2024년 11월 8일 초판 13쇄 발행

펴낸이 한철희 | 펴낸곳 주식회사 돌베개 | 등록 1979년 8월 25일 제406-2003-000018호
주소 (10881) 경기도 파주시 회동길 77-20 (문발동)
전화 (031) 955-5020 | 팩스 (031) 955-5050
홈페이지 www.dolbegae.co.kr | 전자우편 book@dolbegae.co.kr

책임편집 김희진 | 편집 박숙희·이경아·윤미향·김희동·서민경
본문디자인 이은정·박정영 | 사진촬영 김성철 | 인쇄 한영문화사 | 제본 경일제책

ISBN 89-7199-192-5 03830
책값은 뒤표지에 있습니다.

이 도서의 국립중앙도서관 출판시도서목록(CIP)은 e-CIP 홈페이지
(http://www.nl.go.kr/cip.php)에서 이용하실 수 있습니다.(CIP제어번호: CIP2004001580)

소년의

서경식의 독서 편력과 영혼의 성장기

눈물

한국어판을 펴내며

나에게 『소년의 눈물』은 특히나 애착이 많이 가는 책이다. 그것은 작품에 대한 애착이라기보다는 소년 시절에 대한 애착이라고 말할 수 있으리라.

　내 책 중 몇 권이 이미 한국어로 번역되어 있기는 하지만, 실은 이 『소년의 눈물』이야말로 조국의 독자들이 읽어주었으면 하고 내가 진작부터 소망해온 책이다. 하지만 그러다가도 곧 그런 바람이 무리이겠다 싶어 스스로 마음을 고쳐먹기도 했다.

　내가 이렇듯 체념했던 것은, 우선 이 책 속에 등장하는 일본 작가들의 이름이며 이들의 작품, 또 그 등장인물들의 이름과 지명 등등을 한국어로 번역해내기가 녹록지 않기도 하거니와, 한국 독자들의 입장에서 생각하더라도 이들이 친숙하지 않은 만큼 그에 관한 정보가 도리어 번거로울 수도 있겠다고 생각했기 때문이다. 게다가 1960년대 재일교포들이 살아온 삶의 현장이며, 일본사회의 주류를 향해 소수자들이 품고 있을 굴절된 심정, 또 흡사 짝사랑과도 같은, 조국을 향한 그 복잡다단한 애증의 추억들을 한국의 독자들이 얼마만큼 이해할 수 있을지 나로서는 가늠이 잘 되지 않았다.

이제 이 책이 뛰어난 번역자를 만나 조국의 독자들 곁으로 다가가게 되니 나로서는 망외望外의 기쁨을 느낄 따름이다. 이 책이 한국 독자들의 공감을 얻을 수 있다면 그들이 품고 있을, 재일교포에 대한 고정관념이나 오해를 미약한 힘으로나마 흔들어줄 수 있을 테고, 그리하여 그 경직된 이미지에 어떤 새로운 현실감을 더해줄지도 모르는 일이다. 그리고 그 공감은 다시 근현대사에서 우리 민족이 경험해야 했던, '식민 지배'라는 역사의 전체상을 온전히 이해하는 데 조그마한 디딤돌이 될지도 모르겠다. 돌이켜 생각해보면 이것이야말로 내가 오랫동안 염원해오던 일이다.

　　나는 이 책으로 1995년도 '일본 에세이스트클럽상'을 받았다. 문필가의 삶을 희망하고 있던 나는 이 상을 수상하면서 커다란 힘과 자극을 받은 것이 사실이다. 하지만 '빼어난 일본어 표현'이 수상의 주된 이유로 꼽혔다는 사실, 그리고 재일교포로는 내가 이 상의 첫 수상자였다는 사실을 알고 나서는 그저 기쁨에 젖어 있을 수만은 없었다.

일제가 조선을 식민 지배한 결과 나는 일본 땅에서 태어났고, 그들의 민족 차별 정책 때문에 충분한 '우리말' 교육을 받지 못한 채 어른이 되었다. 그리하여 나는 내 민족의 언어를 잃어버리고, 일본어를 모어母語로 사용하는 인간이 되고 말았다. 그 같은 역사가 나의 '빼어난 일본어 표현'을 가능케 해주었고 끝내 이런 상까지 안겨준 것이라 할진대, 내가 진심으로 기뻐하며 그 상을 받을 수 있었을까?

　　에세이스트클럽상 수상 인사말에서 나는 자신을 '언어의 감옥'에 갇힌 수인囚人으로 표현했다. "나는 우리 민족에 대한 일본의 식민 지배를 반대한다. 그 연장선에 위치하고 있는 재일교포들에 대한 일본의 차별정책을 반대한다. 식민 지배의 죄과罪過를 부인하면서 역사를 왜곡하는 일본 우익의 사상을 반대한다." 그러나 역설적이게도, 나는 이 모든 것들을 일본어로 사고하고 일본어로 표현하고 있다. 일본어를 거치지 않는다면 나의 사고며 표현 행위마저도 모두 불가능하다. 또 이런 이유로 나의 글쓰기는 주로 일본인들의 눈에만 띌 뿐이다. 요컨대 '나'라는 존재는 일본어라는 '언어의 감옥'에 갇힌 수인인 것이다. 그 감옥 속에서 나는 더 너른 광장으로 나아가고 싶다고, 조국의 동포들에게까지 내 마음을 전하고 싶다고 간절히 소망해왔던 것이다.

하지만 나는 이 같은 처지가 특별하다거나 예외적이라고는 생각지 않는다. 식민 지배와 제국주의 시대를 지나면서 자신이 태어난 땅에서 추방당하고 모어母語의 공동체에서 축출된 무수한 디아스포라diaspora들이 세계 곳곳에 생겨났다. 이들 디아스포라는 식민 지배와 제국주의의 산물인 '영어의 감옥', '프랑스어의 감옥', '스페인어의 감옥' 그 외에 여러 다른 '언어의 감옥'에 갇혀 있으며, 저마다 더 넓은 곳을 향해 나아가고 싶다고, 그리하여 서로 만나고 싶다고 몸부림치고 있다. 재일교포는 현대사회를 살아가는 이러한 여러 디아스포라들 중 하나이다. 이산의 비애, 모어 상실의 고통에서 여러 디아스포라와 연대하는 일이야말로 자신의 존재를 '보편적 인간'에 다가서게 만드는 길이라고, 나는 믿는다.

이 책의 일본어판에 달린 부제는 '어느 재일조선인의 독서 편력'이다. 한국의 독자들 가운데 이 '조선'이라는 단어에 당혹하거나 주저하실 분이 계실지 모르겠다. 일본에서 '조선'이라는 말은 음습한 민족 차별 정서를 품은 부정적 어감을 풍겨왔다. 또 '조선인'이란 조총련계 인사의 어휘라며 오해할 분이 계실 법도 하다. 하지만 내 국적은 '대한민국'이며, 나는 '한국'이라는 국가의 존재를 부정하지 않는다. 다만 '대한민국'이라는 말은 어디까지나 하나의 국가명일 뿐, 재일교포를 아우르면서 민족 전체를 총칭할 경우에는 '조선'이라는 말을 쓰는 것이 타당하다고 생각한다. 내 부모님은 당신 스스로를 '조선사람'이라고 부르셨고, 이 말은 내 부모님이나 그 윗세대에게는 삶의 치열한 현장에 밀착된, 지극히 자연스런 호칭이었다. 나는 그 사실을 잊고 싶지 않다. 뿐만 아니라 식 민 지배와 민족 차별에 저항하는 것이 내 역할이라 여기기 때문에 평소 '조선' 이라는 말을 의식적으로 사용하고 있다.

2004년 8월 15일
서경식

차 례

일 러 두 기

1. 이 책은 일본 柏書房에서 1995년에 출간된 『子どもの涙—ある在日朝鮮人の讀書遍歷』를 번역한 것이다.
2. 일본어 인명 및 지명 표기는 「외래어표기법」(1986년 문교부 고시)을 따랐다. 단 'ち'와 'つ'는 'ㅊ' 발음으로 표기했다.
3. 일본어 명사나 고유명사는 일본어 발음으로 표기하는 것을 원칙으로 했으나 책 제목의 경우는 가능하면 우리말로 번역했고 의미가 통하는 경우나 익숙한 경우 우리말 한자 발음으로 표기했다. 그 밖에 동인 및 동인지의 이름도 우리말 한자 발음을 그대로 썼다.
4. 본문에서 설명이 필요한 부분에는 옮긴이주를 달아 각 장의 뒤에 실었다.
5. 본문에 실린 도판은 저자가 소장하고 있는 옛 책과 사진들을 제공받아 직접 촬영한 것이다.

여는글을 대신하며

무리요의 〈소년〉

10여 년 전 어느 날, 울적한 마음에 방랑의 여정을 이어가던

나는 런던미술관에서 한 소년을 만났다. 소년이라고는 하지만 17세기 스페인의 화가 무리요Bartolomé Esteban Murillo가 그린 작품 속의 아이이다. 사랑스런 어린아이를 모델로 한 종교화로 널리 이름을 알린 무리요는, 동시에 민중의 일상생활을 소재로 한 세속화도 많이 남겼다. 그는 가난하지만 활기가 넘치는 장난꾸러기 아이들을 즐겨 그렸다. 내가 만난 소년 역시 그런 아이들 중 한 명이었다.

그림의 영어 제목은 'A peasant boy leaning on a sill'이었다. '그래, 공부하고 있는 모습을 그렸군.' 그렇게 생각했다. 가난한 이 소년에게는 연필도 종이도 없다. 창턱이 책상을 대신했다.

소년은 미소짓는다. 하나하나 익혀나가는 문자와 언어, 먼 미지의 나라의 역사와 풍물, 저 오랜 옛날 전쟁과 사랑의 이야기들……. 지식의 빛줄기가 소년의 뺨을 밝게 비춘다. 햇살과 단비를 맞으며 자라나는 나무들처럼, 조금씩 쌓여가는 지식들. 그 지식은 바로 소년의 즐거움이었다.

그런데 자세히 들여다보면, 소년의 미소는 허기와 슬픔을 애써 달래고 있는 듯 보이기도 한다. 밥은 제대로 먹고 있는 걸까? 소년의 부모는 도대체 무얼 하고 있는 것일까? 형제나 친구들은 있는 건지? 과연 소년의 앞날엔 어떤 인생이 기다리고 있을까?

머릿속으로 이리저리 상상하고 있는 동안, 나는 잠시나마 어린아이들만이

하나하나 익혀나가는 문자와 언어, 먼 미지의 나라의 역사와 풍물,

저 오랜 옛날 전쟁과 사랑의 이야기들. 지식의 빛줄기가 소년의 뺨을 밝게 비춘다.

햇살과 단비를 맞으며 자라나는 나무들처럼, 조금씩 쌓여가는 지식들.

그 지식은 바로 소년의 즐거움이다.

소유한 불가사의한 힘을 통해 끊임없이 내 마음을 괴롭혀온 우울과 불안을 치유받고 있었다.

여정이 끝난 후에도 런던에서 가져온 복제 그림을 침실 벽에 걸어놓고는 이따금 마음속으로 〈소년〉에게 말을 걸었다. "어쩐 일이니? 너 오늘은 왠지 힘이 없어 보이는구나." "내 얘기 좀 들어주지 않으련? 나 오늘 좋은 일이 있었거든."

그런 식으로 몇 년이 흐른 뒤, 나는 우연히 어떤 사실을 눈치채고서 허탈한 웃음을 짓고 말았다. 줄곧 'leaning'(기대다)을 'learning'(배우다)으로 엉뚱하게 읽어왔던 것이다. 소년은 '공부하고' 있는 것이 아니라 '창턱에 기대고' 있었던 것이다. 나의 섣부른 예단豫斷이 소년과 공부를 연결시키며 상상의 나래를 펼쳤던 것이다. 어째서 그토록 굳게 믿고 있었던 것일까?

어린 시절 나는, 책읽기는 좋아했어도 학과로 정해진 공부는 너무도 싫어했다. 그리고 그런 자신의 모습에 무척이나 괴로워했다. 아무리 생각해봐도 나는 여전히 어린 시절의 그 강박관념에서 벗어나지 못하고 있는 듯하다. 이렇게 생각하고 있자니 우습고도 야릇한 감정이 북받쳐오르고, 또 그 감정에 이끌려 오랫동안 회상하지 않던 어릴 적 정경情景들이 하나 둘 주마등처럼 마음속에 되살아났다. 되살아난 심상心象의 풍경 하나하나는 이상하리만치 모두 책에 대한 기억으로 이어지고 있었다.

지금도 이따금, 위기를 모면하고 용케 책장과 서랍 속에 살아남은 낡은 책들을 펼쳐들 때가 있다. 낙서와 손때로 지저분해진 책을 한 장 한 장 들추고 있노라면, 어린 시절 기뻐하고 슬퍼하던 감정들이 가슴 깊은 곳에서 어수선하게 꿈틀거리기 시작한다. 성장에 대한 동경과 두려움, 자부심과 열등감, 희망과 실의가 격렬하게 교차하던 그 나날들이.

사춘기 입구에 서서

테라다 도라히코의 『데라다 도라히코 작품집』

어릴 적

읽은 책들 가운데, 아직까지 내 기억 속에 이상하리만치 선명하게 남아 있는 책이 바로 데라다 도라히코寺田寅彦[1]가 쓴 수필집이다. 내 독서 인생 최초의 책다운 책이라 할 것이다.

그렇다고 요즘처럼 쉽게 손에 넣을 수 있는 이와나미岩波 문고판으로 읽은 것도 아니었다. 며칠 전 벽장 안 구석구석을 이 잡듯 뒤져보았더니 어지간히 버리기 아까웠던지, 용케 그 수필집이 목숨을 부지하고 있었다. 30년 만에 손에 들고 보니 아동용 책답게 한자 옆에 일본어 독음이며 삽화까지 곁들여져 있었고 『데라다 도라히코 작품집』寺田寅彦集이라는 서명이 붙어 있었다. 출간한 곳은 포플러ポプラ 출판사. 초판은 1959년에 발간되었는데 내 책은 그 이듬해에 나온 제2판이었다. '우리는 어떻게 살아야 하는가' 라는 총 스무 권짜리 시리즈 중 둘째 권으로, 책 뒤에 달린 광고를 보면 첫째 권에는 요시노 겐자부로吉野源三郎,[2] 셋째 권 이하로는 다니가와 데츠조谷川徹三,[3] 아마노 데이유天野貞祐,[4] 가메이 가츠이치로龜井勝一郎,[5] 고이즈미 신조小泉信三[6] 등이 얼굴을 내밀고 있었다. 그런데 내가 갖고 있던 책은 달랑 『데라다 도라히코 작품집』 한 권뿐이었다.

앞서 '최초' 라고 말은 했지만, 정확히 표현하면 물론 그때까지 나는 제법 많은 책을 읽고 있었다. 하지만 그것들은 모두 동화라고 할까, 아무튼 소위 아동서에 속하는 책들이었다.

재일조선인 가정을 살펴보면 많든 적든 공통점이 있는데, 가령 우리 부모님처럼 자식들이 책만 읽고 있으면 기뻐하는 것도 그 중 하나이다. 책을 사야 한다는 말만 꺼내면 부모님은 조건 없이 용돈을 주셨다. 아버지는 당신 말로 고등소학교를 중퇴하셨다고 했고 어머니는 평생 학교 문턱에 발도 들여놓지 못해 일자무식이라 할 형편이었지만, 그런 만큼 자식들을 향한 기대가 유달리 강하셨다. 이런 나의 어머니는 50줄을 넘겨 읽기와 쓰기를 익히시고 어린 시절 내가 즐겨 읽던 『쑨원 전기』孫文傳 등을 읽어내 나를 놀래주셨지만, 그것은 또 다른 이야기이다.

가뜩이나 무武보다 문文을 숭상하는 전통적 가치관을 지닌 조선인들에게 '독서'나 '지식'이라는 말이 지닌 가치는 단연 막중한 것이었다. "아무개는 지식인이다"라는 평판은 최상의 찬사였고, 동시에 '무식한 놈'이라는 말은 교육을 받지 못한 사람들 사이에서조차 최악의 모욕이었다.

하얼빈 역에서 이토 히로부미를 사살한 안중근 의사는 지금도 여전히 민족의 영웅으로 존경받고 있는데, 그가 뤼순旅順 감옥에서 남긴 수많은 글 중 저 유명한 "一日不讀書, 口中生荊棘"이라는 말이 있다. 형 집행을 기다리면서도 "하루라도 글을 읽지 않으면 입 안에 가시가 돋는" 것 같아 참을 수 없었다는 뜻이다. 안중근 의사는 단순히 만용을 부린 사람이 아니라 지성인이었던 것이다. 바로 이런 그의 모습이 조선 민중의 심금을 울렸으리라.

그토록 황망하고 빈한하던 시절에도 나의 부모, 특히 어머니께서 늘 독서를 장려하신 것은 자식의 '출세'를 바라는 자연스런 심정 때문이었을 테지만, 크게 보면 조선 민족의 이 같은 문화적 배경도 하나의 원인이 되었을 것이다.

*

내가 다니던 초등학교는 교토 시내 서쪽의 서민동네에 있었다. 그런데 그곳에는 과거 일본이 조선을 지배하던 시절 그 일대 철도 공사 현장에 조선 노동자들을 끌어온 까닭에 우리 동포들이 많이 거주하고 있었다. 한 학급에 조선인이 확실히 네댓명은 되었다. 1960년대 초반, 사람들은 아직 가난했다. 급식비를 가져오지 못하는 급우들이 여럿 있었을 뿐 아니라, 적립금을 납부할 수 없거나 입고 올 옷이 없어 학교를 빠지고 또 집안일을 도와야 한다며 수학여행을 떠나지 못한 친구들이 드물지 않았다.

학교 강당에서는 가끔 영화를 보여주었다. '후우후우'라는 별명으로 불리는, 글쓰기를 좋아하는 가난한 집 소년이 주인공인 영화는 제목이 〈작문형제〉つづり方兄妹였던 것으로 기억하는데, 혹 내가 잘못 기억하고 있는지도 모르겠다. 내용은 『작문교실』綴方教室과 비슷한데, 확실한 것은 배경이 일본의 패전 이후라는 점이다. 어쩌면 외국 것을 번안한 작품일지 모르겠다.

'후우후우'의 가족은 비좁은 데다 비까지 새는 작은 오두막 같은 집에서 살고 있다. 실직 상태인 아버지는 이따금 품을 팔았는데, 인정 많은 성격 탓에 품 삯 대신 마른 국수를 받아오기도 한다. 아이들은 글짓기를 좋아했지만 원고지 나 공책을 살 수 없었기 때문에 신문에 끼어오는 광고 전단 뒷면을 대신 사용했 다. 가난해도 씩씩한 형제들이었다. 드디어 '후우후우'가 쓴 글이 어떤 상을 수 상하게 되는데, 수상 통지서가 전달된 때는 이미 '후우후우'가 병으로 세상을 떠 난 뒤였다. 이 영화는 마치 우리 주변의 일상사를 그대로 묘사하고 있는 듯했다. 어디가 닮았던지, 가족들은 잠시 동안 나를 '후우후우'라는 별명으로 불렀다.

한편 고후甲府의 포도원에서 자란 맹인 천재 바이올리니스트 소년과 빈소년 합창단의 교류를 그린 〈언젠가 왔던 길〉ぃつか來た道[8] 같은 영화에서는 별천지를 살짝 엿보고 만 듯 애절한 심정이 되었다. 아름다운 자연과 유복한 가정, 기품 있고 이지적인 누이, 외국 아이들과의 편지 왕래, 무엇보다도 고전음악을 비롯 한 '문화'! 나는 그것을 가슴이 아리도록 동경했다. 더욱이 이 영화에서도 주인 공 소년은 빈소년합창단과 함께 공연하려던 꿈을 이루지 못한 채 병사하고, 떠 나버린 오빠의 꿈을 누이가 대신 이뤄준다.

어째서 영화 속 아이들은 모두 차례차례 세상과 이별하는 것일까? 영화를 제작하는 입장에서야 그것이 관객의 눈물을 자아내는 가장 손쉬운 수법이기에 그런 연출을 한 것이겠지만, 실제로 내 주변에도 신장병으로 세상을 떠나거나 결핵으로 장기간 학교를 결석하는 친구들이 있었다. 그 시절의 아이들은 요즘

3

아이들과 달리 너무 일찍 너무 쉽게 세상과 작별했던 것이다.

'찜뿅'이나 피구처럼 몸을 움직이는 야외놀이를 싫어한 탓에, 나는 수업이 끝나기 무섭게 집으로 돌아왔다. 그러고는 각로脚爐 옆에 배를 깔고 엎드려 책을 읽었다. 그런 내 모습을 보고 어머니는 "가끔은 밖에 나가 좀 놀다 오려무나" 말씀하시기도 했지만, 대개는 흐뭇한 표정을 지으셨다.

어느 날 수업이 끝난 뒤, 나는 야구경기의 아홉째 선수 자리를 놓고 오츠카라는 같은 반 친구와 서로 경쟁하는 입장에 놓였다. 오츠카는 나와 달리 손과 발이 유난히 길고 행동도 민첩한 편이었는데, 얌전하고 소극적인 성격 탓에 언제나 간신히 후보 선수에 오르는 것에 만족해야 했다. 나와 오츠카 중 누구를 아홉째 선수로 뽑아야 할 것인가. 친구들은 공정을 기하기 위해 수비 실기 테스트를 통해서 둘 중 한 명을 결정하기로 했다. 공을 쳐주는 역할은 만능 운동선수인 '이마이'가 맡았다. 모두의 시선이 집중된 가운데 수치심 탓인지 아니면 흥분 때문인지 얼굴이 벌겋게 달아오른 오츠카는, 그래도 내 처지에서 보면 화려하게까지 느껴지는 발놀림으로 세 개의 땅볼을 무리 없이 처리했다. 그리고 마침내 내 차례가 돌아왔다. 늘 정규 멤버에 들어갈 수 없었던 나를 동정해서였을까? 이마이는 누가 보더라도 눈치챌 수 있을 정도로 손쉬운 땅볼을, 그것도 내 정면에다 데굴데굴 천천히 굴려주었다. 그러나 나는 그마저도 연거푸 뒤로 빠뜨려버리고 말았다.

이때만큼은 마음에 얼마간 상처가 남아 '내가 그러면 그렇지' 하고 좌절했지만, 그래도 '이제 집에 돌아가 책을 읽을 수 있겠구나' 생각하니 왠지 모르게 마음이 차분히 가라앉으며 안도감이 들었다.

*

당시 초등학교에서는 해마다 한두 차례 서점이 학교로 출장을 와서 학교 강당에 임시 도서판매소를 설치해놓고 학생과 학부형에게 책을 판매하는 행사를 열곤 했다. 평소 서점 같은 곳과는 별반 인연이 없던 지역 학생들을 어떻게 해서든 책읽기와 가까워지게 하려는 의도였던 것 같다.

지금도 또렷이 기억하고 있는데, 5학년 때 이 출장 서점에서 미야자와 겐지宮澤賢治의 동화집에 이어 샀던 책이 앞서 얘기한 『데라다 도라히코 작품집』이었다.

한번 보고는 책 내용에 금방 매료되어 내용을 암기해버릴 정도로 읽고 또 읽었다. 이와나미 문고판 『데라다 도라히코 수필집』寺田寅彦隨筆集에서는 '도토리'로 표기돼 있던 책머리의 글 제목이 한자로 바뀌고 일본어 독음도 달려 있었는데, '도토리는 한자로 이렇게 쓰는구나' 마냥 신기해하며 기뻐했다. 「도토리」는 어린 여식을 남겨두고 폐병으로 세상을 떠나버린 데라다 도라히코의 첫째 부인 이야기다.

벌써 몇 해 전 일인지 떠올릴 수는 없지만, 날짜만은 또렷이 기억하고 있다. 한 해가 저물어가던 26일 밤, 아내는 하녀를 데리고 시타야마리시텐下谷摩利支天의 잿날緣日[1]에 집을 나섰다.

이렇게 시작하는 첫 구절부터가 내 마음을 사로잡고 말았다.

섣달그믐 자정이 지나고 불현듯 문의 창호지가 헤어져 볼썽사납게 너덜거리고 있음을 눈치 챈 나는, 외투 두건을 푹 뒤집어쓰고 한 손에 그릇을 쥔 채 모리카와초森川町로 창호지 바를 풀을 사러 가곤 했다.

환자를 돌보던 섣달그믐 밤. 이윽고 봄이 돌아오고, 일시적이나마 건강을 회복한 임신 중의 아내와 고이시카와小石川의 식물원으로 산책을 갔을 때, 아내는 마치 소녀로 되돌아간 듯 그곳에서 도토리 줍기에 열중한다. 그러다 갑작스런 전환.

도토리를 주우며 마냥 기뻐하던 아내마저도 지금은 없다. 아내의 무덤가엔 이끼 꽃이 몇 번이나 피고 또 졌다. 산에는 도토리가 떨어져 뒹굴고, 직박구리 울음소리에 낙엽이 떨어진다.

"아아, 결국에는 그렇게 되고 말았구나" 하며 이 대목에서 나는 긴 한숨을 내쉬곤 했다. 작가는 홀로 남겨진 꼬마가 도토리를 주우며 즐거워하는 모습을 바라보면서 "처음과 마지막이 비참했던 어미의 운명만큼은 이 아이에게 반복시키고 싶지 않다"고 글을 맺는다.

어디고 흠잡을 데 없는 문장이었다.

기승전결의 형식을 그대로 따른 것이기는 했지만, 물론 어린아이인 내가 그런 것까지 이해했을 턱이 없다. 다만 '형식'이 가져다주는 유려한 문장 흐름과 좋은 어조가 전해주는 율동감의 매력을 그때 처음으로 경험했다고 말할 수 있으리라.

나는 데라다 도라히코의 수필 중에서도 「등나무 열매」藤の實나 「선향 불꽃놀이」線香花火처럼 평범한 일상사를 자연과학자의 눈으로 관찰하는 유의 글보다는, 사소설私小說[11]적 취향을 지닌 초기의 사생문들을 더 좋아했다.

「도토리」만 하더라도 '아내의 죽음'이라는 가슴 아픈 사건을 다루면서도 결코 과장하지 않고 담담하게 이야기를 전개해나가는 필치와 묘사가 신선해 더욱 기분이 좋았다. 그때까지 내가 읽어온 여느 어린이용 책처럼 손에 땀을 쥐게 만드는 모험이나 파란만장하게 펼쳐지는 판타지가 아니었다. 그런데도 이유를 알 수 없이 너무나 흥미진진했고, 나 스스로도 그 점이 의아스러웠다.

그것은 흔히 사람들이 얘기하는 '인생의 기미機微'와의 첫 만남이기도 했던 것 같다. 이 글 첫머리에서 이 책을 '내 독서 인생 최초의 책다운 책'이라고 표현한 데에는 바로 이런 심정이 섞여 있다.

*

「용설란」龍舌蘭은 데라다 도라히코가 열 살쯤이던 소년 시절, 조카의 첫 명절初節句[12] 축하 잔치에 참석하기 위해 누이의 시댁에 들렀을 때의 추억이다. 거기에는 누이의 시댁 어른들과 친척들은 물론, 인근의 소작인과 집안을 드나들던 일꾼까지 운집하고 게다가 예인·무희까지 동원되어 대단한 규모의 축하연이 이틀 동안이나 계속되고 있었다. 하지만 소년 도라히코는 그런 떠들썩한 잔치 분위기에 융화될 수 없었다.

날이 어두워지는 저녁 즈음에 적당히 저녁밥을 먹고 나면, 뒤꼍 창고 방으로 가서는 선반에서 『난소사토미핫켄텐』南總里見八犬傳[15]이나 『삼국지』三國志 같은 책들을 꺼내어 책 속에 등장하는 친숙한 인물들, 이를테면 이누즈카 시노 모리타카犬塚信乃成孝나 이누야

이 대목에서 나는 긴 한숨을 내쉬곤 했다. 작가는 홀로 남겨진 꼬마가
도토리를 줍는 모습을 바라보면서 "처음과 마지막이 비참했던
어미의 운명만큼은 이 아이에게 반복시키고 싶지 않다"고 글을 맺는다.
가슴 아픈 사건을 결코 과장하지 않고 담담하게 이야기하는 필치와 묘사가 신선했다.

마 도세츠 다다모토犬山道節忠與,[1] 혹은 제갈공명과 관우 등을 만났다.

이런 구절들을 읽고 나면 '나를 쏙 빼다 박았구나' 하는 생각이 강하게 들었다. 우리 집에서도 해마다 몇 차례던가, 조상의 음덕을 기리는 조선 전통의 제사가 열려서 친척들이 집으로 찾아들었다. 그때마다 술에 취한 어른들이 어르고 귀여워해주는 것도 그리 싫지는 않았지만, 얼굴이 상기될라치면 적당한 선에서 2층 방으로 빠져나가 읽다 만 책들을 더 들여다보고 싶은 마음이 괜스레 더 간절해졌다.

그런데 소년 도라히코가 틀어박혀 있던 그 뒤꼍 창고는 무희들이 옷을 갈아입던 곳이었다.

백분 냄새, 땀 냄새와 묘한 향기가 떠도는 가운데, 나는 이누즈카 시노 모리타카가 약혼녀 하마지濱路의 유령과 이야기하는 대목을 읽었다. (……) 내 뒤에서 스르르 문을 열고 들어온 사람이 있었다. 돌아보니 꽤 나이가 든 무희였다. 무희는 나는 아랑곳하지 않고 구석 옷걸이에 걸린 기모노 옷소매를 더듬어 허리띠 사이로 무언가를 집어넣더니 불현듯 내 쪽을 향해,
"저리 가세요, 도련님"
하고 말했다. 그러더니 내 곁으로 무릎이 닿을 만큼 가까이 앉아서

"아이 싫어라, 귀신!"

하며 『난소사토미핫켄텐』에 실린 삽화를 들여다보았다. 머릿기름 냄새가 향기롭다. 두 사람이 아무 말 없이 무심하게 그림을 보고 있을 때, 저편 어디서 누군가 '기요카' 하며 무희를 부른다. 젊은 무희는 잠자코 일어서더니 밖으로 나갔다.

나는 설명되지 않는, 어딘지 뒤끝이 개운치 않은 느낌을 받으면서도 반복하고 반복해서 이 대목을 읽었다.

분명 그것은 일종의 '비타 섹수알리스' vita sexualis[15]라 할 만한 체험이었다. 그리하여 아직 유치하던 내 두뇌에 새로운 주름이 하나 더 늘었고, 조금은 어른스러운 감수성이 움트기 시작했던 것이다.

*

『꽃 이야기』花物語라는 연작 수필의 여덟째 글에 「용담꽃」りんどうの花이라는 작품이 있다. 데라다 도라히코가 대학에 다니던 시절, 연습림練習林으로 측량 실습을 함께 나가던 학우 중에 '왠지 불행해 보이는' 후지노라는 남학생이 있었다. 일과를 마치고 임시 막사로 돌아와 '젊은이들의 싱그럽고 풋풋한 사랑 이야기'가 오고 갈 때면, "후지노는 다른 친구들의 이야기를 듣는 둥 마는 둥 무언

가 불안한 기색을 보이며 곰곰이 생각에 잠겨 있는 듯하다가 이따금 호주머니에서 수첩을 꺼내 메모를 하곤 했다". 실습장을 나가면 마치 얼빠진 사람처럼 멍하니 때로 어처구니없는 실수를 저지르기도 했고, 주의를 받으면 "부끄러운 나머지 어쩔 줄을 몰라 했다".

그리고 어느 날 벌어진 일.

후지노의 수첩이 내 옆에 떨어져 있길래 무심코 집어들고 펼쳐보니 거기엔 산에 만발한 용담꽃이 책갈피처럼 끼어 있었고, 이런저런 낙서들이 적혀 있었다. 그 안에는 이초가에시銀杏返し[16] 스타일로 머리를 올린 몇몇 여인의 얼굴도 담겨 있었고, 'Fate'라는 영어 단어가 여러 서체로 여기저기 가득 휘갈겨져 있었다. 똑바로 누워 잠자던 후지노가 벌떡 일어나 그 광경을 보고는 창백한 얼굴을 하면서도 종내 아무런 말도 하지 않았다.

당시 나는 아직 사랑도 죽음도 이해하지 못하는 열 살짜리 꼬마였지만 이 한 편의 글을 애독했다. 그리고 글을 읽을 때마다 몸 한구석 어딘가가 스멀스멀 저려오는 듯한 기묘한 느낌을 받았다. "'Fate'란 '운명' 혹은 '숙명'을 뜻한다"라는, 글 말미에 달린 주석을 보고 나 역시 공책에 "Fate, Fate"라고 써두었다.

과연 나는 어떤 숙명을 짊어지고 있는 것일까? 어떤 운명을 향해 걸어가고 있는 것일까⋯⋯.

아마도 그것이 내 사춘기의 입구가 아니었나 생각해본다. 나는 스스로 아주 조금씩 성장하면서 한 발 한 발 어른의 세계를 향해가고 있음을 느꼈고, 그때의 그 긴장감은 지금도 희미하게나마 남아 있다.

1. 물리학자 겸 수필가. 나츠메 소세키夏目漱石에게 사사, 주옥같은 수필을 남겼다.

2. 평론가·아동문학가. 특히 제2차세계대전 후 이와나미 서점에서 발간하는 월간지
『세계』世界의 초대 편집장으로 패전 후 진보적 사회파 논단을 이끌었다.

3. 철학자.

4. 철학자·교육자. 칸트의 『순수이성비판』을 일본에 소개했고 돗쿄대학獨協大學을 창립했다.

5. 평론가. '프롤레타리아작가동맹'에 참여. 『현실』現實의 동인으로
『문학계』文學界를 중심으로 비평 활동을 했다. 작품으로 『인간교육』人間敎育,
『신앙에 대하여』信仰について, 『신란』親鸞 등이 있다.

6. 보수주의 경제학자. 헤이세이平成 천황의 교육을 담당하기도 했다. 저서로
『마르크스 사후 50년』マルクス死後五十年, 『공산주의비판 상식』共産主義批判の常識 등이 있다.

7. 1937년 '도요다 마사코' 豊田正子라는 소녀가 선생님의 도움을 받아 초등학교 시절의
가정사와 추억들을 책으로 발간한다. 이 책이 사회적으로 큰 반향을 일으켜 이듬해에는
영화와 연극으로 제작되었고, 글짓기 붐을 일으켜 제2, 제3의 마사코를 노리는
'명문名文 소녀' 들이 줄을 이었다. 이들 중 대부분은 아침이슬처럼 사라졌는데
다자이 오사무는 이 같은 붐을 풍자해 단편소설 「치요조」千代女를 발표했다.

8. 1959년 작. 빈소년합창단의 두번째 일본 방문을 기념해 제작되었다고 한다.

9. 시인·동화작가. 작품으로 『주문 많은 요리집』注文の多い料理店, 『쏙독새의 별』よだかの星,
『은하철도의 밤』銀河鐵道の夜 같은 다수의 동화와, 유일한 시집 『봄과 수라』春と修羅가 있다.

10. 시타야마리시텐은 현재 도쿄에 있는 묘센잔 도쿠다이지妙宣山德大寺를 말한다.
잿날은 강탄이나 성불 등 특정 신불과 인연이 있는 날로, 이때 공양과 재를 올리면
특별한 공덕이 쌓인다고 한다.

11. 허구를 배제하고 주로 작가 자신이 서술자가 되어 일상적인 경험이나 심경을 묘사하는
일본 근대문학 특유의 소설 형식. 프랑스 자연주의문학의 영향을 받아 19세기 말에 등장했고,
1920년대 '사소설 논쟁'을 거치면서 일본 근대문학의 근간을 이루었다.

12. 아기가 태어나 처음으로 맞이하는 명절로 남자아이는 5월 5일, 여자아이는 3월 3일이다.

13. 에도 후기의 소설가 다키자와 바킨瀧澤馬琴의 소설. 28년에 걸쳐 완성한 작품이다.
무로마치室町 시대 말기를 배경으로 하는 이 전기소설은, 몰락하는 무장의 딸
후사히메伏姬가 야츠후사八房라는 신령한 개의 감응을 받아 여덟 명의 무사를 낳고,
이들이 인의예지충신효제仁義禮智忠信孝悌 여덟 영옥靈玉의 도움을 받아
가문을 부흥시킨다는 내용이다.

14. 『난소사토미핫켄텐』에 등장하는 여덟 무사 중 두 명의 이름이다.
이들 중 이누즈카 시노 모리타카는 전반의 주인공이다.

15. 성적 자각性的自覺이라는 뜻. 소설가 모리 오가이森鷗外의 작품명이기도 하다.

16. 에도 시대 말에 등장한 젊은 여성들의 머리 모양. 메이지 시대에 들어 화류계 여성들이
즐겨했고 쇼와 초기까지 이어졌다.

어린아이의 눈물 1

엘리자베스 루이스의 『양쯔 강 소년』

이와나미

서점에서 새로 발간하기 시작했다는 '세계아동문학집'世界兒童文學集의 광고를 보고 있다가, 총 서른 권 중 내가 읽은 작품이 고작 일곱 권에 지나지 않는다는 사실을 깨달았다. 30분의 7이라니……, 의외의 수치였다. 이 전집은 그림 형제나 안데르센 같은 19세기 작가들을 일부 포함하고 있긴 하지만, '20세기의 대표작'을 모았다는 점을 극구 강조하고 있었다. 그렇다면 어린 시절 내가 푹 빠져 있던 작품들은 이미 시대에 뒤처진 낡은 작품이 되었단 말인가. 지난 30년 사이 아동서의 세계에서 그렇게 커다란 변화가 일어났다는 뜻인가.

게다가 그 일곱 중 생 텍쥐페리의 『어린 왕자』Le Petit Prince와 리히터의 『그때 프리드리히가 있었다』Damals war es Fredrich 두 권은 어른이 된 후에 읽은 책이다.

『어린 왕자』는 정확히 내가 대학에 입학했을 때 붐이 일었던 책인데, 교양 프랑스어시간의 텍스트가 『어린 왕자』 원서였던 관계로 번역서와 원서를 대조해가며 읽었다. 아동용 책을 읽을 경우 이런 독서 방식은 참으로 불행하다. 나이토 아로內藤濯¹의 뛰어난 번역을 꼼꼼히 음미해보자는 것이 강의의 취지였는데, 따분한 수업이 원문에 대한 흥미마저 잃게 만들었던지 그다지 재미있다는 느낌은 들지 않았다.

『그때 프리드리히가 있었다』는 나이 서른을 넘긴 뒤 죽마고우 중 중학교에서 사회과목을 가르치는 여교사 친구가 권유해 읽었다. '프리드리히'라는 이름의 유대인 친구를 둔 독일 소년이 나치스의 발흥과 더불어 어른들의 광적인 배외주의排外主義에 차츰 마음을 빼앗긴다. 이 독일 소년의 양친은 양식 있고 인정 많은 평범한 시민이었지만, 프리드리히 일가가 받는 수난에 대해서는 속수무책, 무력하기만 했다. 마지막에 가서는 방공호 안에 받아들여지지 못한 탓에 결국 프리드리히가 죽고 만다는 얘기이다. 모든 아동문학 작품들이 반드시 행복한 결말로 끝나는 것은 아니지만, 그래도 독자들에게 모종의 희망적인 위안거리를 마련해두는 것이 일반적인데, 이 작품에서는 그런 내용을 전혀 찾아볼 수 없다. 엄격한 작품이다. 아동용 책이라고 해서 건성으로 읽을 수도 없었다. 책의 말미에 유대인들의 생활습관이나 유대교의 관례에 관해 적절하고도 자세한 주석을 달아둘 만큼 적이 진지했다.

이 두 책을 제외하면, 서른 권 가운데 어린 시절에 읽은 작품은 『두리틀 선생의 항해기』The Voyage of Dr. Dolittle와 『바람의 마타사부로』風の又三郎,[2] 『그림 동화선』, 『안데르센 동화선』, 『하늘을 나는 교실』Das fliegende Klassenzimmer 등 고작 다섯 권에 불과하다.

　1951년생인 내가 초등학교를 다니던 시절은 정확히 1950년대에서 1960년대로 넘어가는 이행기였다. 그즈음 나는 어떤 동화책을 읽고 있었을까?

　『하늘을 나는 교실』은 에리히 케스트너Erich Kästner[3]가 짓고 우에다 도시로植田敏郎[4]가 번역한 책인데, 나에게 있는 책의 판권을 보니 1955년(초판은 1953년) 간행에 정가가 200엔이었다. 그 당시의 물가수준을 고려할 때 결코 싼 가격이라고는 할 수 없다. 출판사는 다이니혼유벤카이코단샤大日本雄辯會講談社로, 오늘날의 고단샤는 그때까지도 이런 이름으로 불리고 있었다. 고단샤 '세계문학전집'은 초등학교 도서실에도 갖춰져 있었던 것으로 기억하는데, 내가 개인적으로 상당히 신세를 졌던 책들이기도 하다.

　이 전집의 광고 문구는 "전세계 어린이들이 읽고 있다"라는 것이었다. 책 뒷면의 광고를 보니, 『저런 무정』ああ無情[5]을 첫 권으로 해서 전부 150권이 넘는 시리즈였다. 돌이켜 생각해보니 절반 이상은 읽은 것 같은데, 소위 '고전' 중에 그때를 마지막으로 다시 원작을 보지 않은 작품들이 적지 않다.

　고단샤와 경합을 벌이던 가세이샤偕成社에서도 '세계명작문고' 시리즈를 발간했다. 두 출판사는 제책과 장정이 모두 매우 비슷했다. 어린이용 『삼국지』를 읽은 기억이 떠올라 이번에 찾아보았더니, 가세이샤에서 출간한 것이었고 저자는 시바타 렌자부로柴田錬三郎[6]였다. 당연한 일인지 모르겠으나, 드문드문 책장을 넘겨보니 본문은 한자로 넘쳐났고, 아동용이었다고는 해도 고작 일본어 독음을 달아놓은 것이 전부였다. 열 살 안쪽의 내가 얼마만큼 책 내용을 이해할 수 있었을까 심히 의심스럽다. 그래도 서서徐庶나 서황徐晃처럼 나와 성姓이 같은 인물들이 등장할 때면 마냥 즐거웠다. 그러나 그들의 활약은 그리 대단하지 않았다.

나 역시 다른 아이들처럼 쥘 베른Jules Verne[7]의 공상과학소설과 모험담을 좋아했다. 이와사키쇼텐岩崎書店에서 나온 총 열두 권짜리 『쥘 베른의 모험명작선집』 한 질이 집에 있었다. 이 중에서 가장 내 마음을 사로잡았던 작품은, 알바트로스호라는 이름의 괴물 같은 헬리콥터가 대활약을 펼치는 『하늘을 나는 전투함』Robur le conquérant이었다.

쥘 베른의 『십오 소년 표류기』Deux ans de vacances는 몇 번이나 읽었는데도, 나는 이 책 후반부의 내용이 썩 마음에 들지 않았다. 이에 비하면 『로빈슨 가족』The Swiss Family Robinson[8]이라는 책은 똑같은 표류기인데도 기분 좋게 읽었다. 이 『로빈슨 가족』의 완역본은 훨씬 나중에 『스위스의 로빈슨』이라는, 원제에 더 가까운 제목으로 이와나미 문고 시리즈에 수록되었다. 나이가 이미 중년에 접어든 때였지만 나는 뛸 듯이 기뻐하며 그 책을 샀다. 어른의 눈으로 다시 읽어보니, 작가가 제멋대로 만든 허황된 이야기라는 느낌을 지울 수 없었고 또 문학적 완성도에서도 『십오 소년 표류기』보다 훨씬 뒤떨어진다는 사실을 인정할 수밖에 없었지만, 그보다는 그리움의 힘이 몇 배나 강했다.

*

응석받이였던 나는 초등학교 3, 4학년 때까지 어머니 곁에서 잠들곤 했는데, 어머니가 나에게 책을 읽어주신 기억은 없다. 유년 시절 조선에서 일본으로 건너온 어머니는 가난한 집안 사정 때문에 학교에 다닐 수 없었고, 그로 말미암아 오랫동안 글을 읽지 못하셨다. 그런 어머니를 대신하여 내가 책을 읽어드렸다. 어머니는 어머니대로 조선과 일본에 전해 내려오는 옛날이야기를 들려주셨다. 꿈나라에 안착할 때까지의 그 짧은 순간들은 내게는 물론이려니와 어머니에게도 지극히 행복한 시간이었음이 틀림없다.

독서에 열중할 때면, 나는 식사 중에도 무릎 위에 책을 펼쳐놓고는 '밥을 먹으며' 책을 읽었다. 이때 어머니는 "밥을 먹든지 책을 읽든지 한 가지만 하려무나" 하고 가볍게 꾸지람하시면서도, 내가 종알종알 책의 내용을 재잘거리기라도 하면 재미있다는 듯 말벗이 되어주셨다.

초등학교 2, 3학년 때였을 것으로 기억한다. 점심식사로 국수와 열무김치를 먹던 기억이 나는 걸 보니, 여름방학 때였는지도 모르겠다. 무슨 책을 읽고 있느냐는 어머니의 질문에 나는 시원스런 목소리로 대답했다.

어머니께서 나를 아끼고 사랑한다는 사실은 너무도 잘 알고 있었지만

이따금 "언젠가 진짜 부모님이 나를 데리러 오시지 않을까?" 몽상했다. 내가 꿈꿨던

'진짜 부모님'은 동화 속에 등장하는 부자나 귀족이 아니라 그저 평범한 일본인이었다.

거우 일고여덟 살밖에 되지 않은 어린아이가 어떻게 그런 몽상을 했던 것일까?

"요스에揚子江[9]의 소년!"

그러자 내 오른편에서 후루룩 소리를 내며 국수를 먹던 작은형이 우스꽝스
런 목소리로 대꾸했다.

"요스에? 요스에가 뭐야?"

나는 형을 세 명 두고 있다. 나보다 여섯 살이 많은 둘째형을 '작은형'이라
불렀고, 열 살 위의 맏형은 '큰형', 내 바로 위 세 살 터울의 형은 '막내형'으로
불렀다. 그리고 나보다 네 살 적은 막내 여동생이 있었다.

작은형은 쥐고 있던 젓가락으로 내 얼굴을 가리키며 큰 소리로 깔깔대며 웃
었다.

"요스에라니, 너 정말 바보구나."

그때 내가 읽고 있던 것은 『양쯔 강 소년』Young Fu of the Upper Yangtze[10]이라는
책이었다. 전부터 집에 있던 책인지라, 작은형은 벌써 그 책을 읽은 터였다. 아
마도 '揚子' 두 글자에 일본어 독음이 달려 있었으리라. 형에게 비웃음을 살 때
까지 나는 줄곧 '요스에'라고 지레 넘겨짚고는 전혀 의심치 않았던 것이다.

"어린 동생을 그렇게 바보 취급하면 못써!"

작은형은 즉각 어머니께 따끔하게 야단을 맞았지만, 꾸지람을 듣는다고 해
서 고분고분해질 형이 아니었다. 형은 내가 어머니 앞에서 착한 아이인 척 굴고
있다고 생각했을 것이다. 형은 그런 모습을 제일 미워했다. 그 후 얼마 동안 형

은 나와 얼굴이 마주칠 때마다 커다란 입을 심술궂은 모양으로 삐죽이며 "어이, 요스에 소년!" 하고 놀려댔다.

나는 마음에 깊은 상처를 받았고 그 뒤로는 식사 중에 책에 관한 화제를 꺼내는 일도 차츰 줄었다.

이렇듯 그 책을 읽었던 나날의 정경은 기묘하리만치 선명하게 기억에 남아 있는 데 반해, 이야기의 중심 내용에 대한 기억은 왠지 미덥지가 못하다. 소설의 무대는 확실히 충칭重慶인가 우한武漢 부근이었는데, 도제徒弟로 봉공의 길을 나선 소년이 주인공이었던 것으로 기억한다. 혁명 전 중국 서민들의 서글픈 생활의 면면을 담담한 문체로 묘사한 글을 읽으며, 나는 달랠 길 없는 허전함과 안타까운 친근감을 느꼈다. 어딘가 모르게 라오서老舍[1]의 필치를 닮았다는 느낌마저 받았다. 어린이를 독자로 한 이야기치고는 어둡고 침울한 내용이었는데, 이 작품 역시 고단샤가 간행한 '세계문학전집'에 수록되었던 것은 확실히 기억한다. 이 작품을 쓴 원작자의 이름이 무엇이었더라? 아무리 애를 써보아도 지금껏 생각이 안 난다.

　＊

어머니께서 나를 아끼고 사랑한다는 사실은 너무도 잘 알고 있었지만, 『왕자와 거지』 등을 읽었을 때에는 대개의 아이들이 한번쯤 상상하는 것처럼 나도 이따금 "언젠가 진짜 부모님이 나를 데리러 오시지 않을까?" 몽상했다. 어머니는 자주 "우리 애들 중에서 경식이 너만 다리 밑에서 주워왔단다"라며 농담을 하셨는데, 그런 말을 들을 때면 나는 슬퍼지기도 했지만 거꾸로 "엄마 말이 참말이었으면 좋겠다"고 생각하기도 했다.

내가 꿈꿨던 '진짜 부모님'은 동화 속에 흔히 등장하는 돈 많은 부자나 귀족이 아니라 그저 평범한 일본인이었다. 겨우 일고여덟 살밖에 되지 않은 어린아이가 어떻게 그런 몽상을 했던 것일까? 누군가 "어린아이의 세계에 민족 차별이란 없다"고 했다. 그 말은 진정 사실일까?

실제로 당시 어린 나의 머릿속에 민족이나 국가 같은 거창한 관념은 싹트지 않았었다. 하지만 나 자신이 주위의 아이들과 다른 소수파라는 사실은 잘 알고 있었기에 그 점을 막연하게나마 불행으로 인식하고 있었던 것이다.

아이들은 어른들이 쉽게 짐작하는 것보다 훨씬 이른 시기부터, 아니 세상에 태어나는 그 순간부터, 소위 오염된 공기를 호흡하는 것처럼 어른 세계에 가득 찬 고뇌와 비애를 그 작은 몸에 받아들이는 듯하다.

실제로 나를 양자로 삼고 싶다는 인물이 나타난 일도 있었다. 하지만 내가 몽상하던 것과는 전혀 다른 사람이었다. 우리 형제들이 "마쓰바라 사자 아저씨"라 부르던 그분은 아버지의 절친한 친구였는데, 어떤 이유에서인지는 몰라도 혼자 살고 계셨다. 우리가 '사자'라는 별명을 붙인 까닭은 그분 얼굴이 사자 머리를 쏙 빼닮았기 때문이었다. 술에 전 빨간 딸기코에, 담배에 찌든 댓진으로 치아는 새카맣게 변해 있었다. 사자 아저씨는 우리 집에 오실 적마다 "아저씨 아들 하지 않으련?" 하고 말씀하시며, 당신 얼굴을 내 볼에 비비곤 하셨다. 부모님마저도 재미있어 하시며 "아저씨한테 들려 보내자" 하고 분위기를 돋우시는 바람에, 나는 당장에라도 눈물을 흘릴 듯 울상이 되곤 했다.

사자 아저씨는 불우한 재일조선인 제1세대의 전형적 인물로, 결국 결핵으로 병고를 치르다 고독하게 세상을 떠나셨다.

*

어느새 30여 년의 세월이 흘러버렸다. 며칠 전 작은형을 만날 기회가 생겨 『양쯔 강 소년』에 관해 물어보았더니, 형은 나를 바보라고 조롱하며 짓궂게 굴던 일들을 까맣게 잊고 있었지만 대신 소설의 부분 부분은 자세히 기억하고 있었다. 뿐만 아니라 형은 무척이나 그 시절을 그리워했다. 형의 기억에 따르면, 주인공 소년이 어머니의 손에 이끌려 '탕 아무개'라는 구리 세공 기술자의 도제로 들어가기 위해 길을 나선다는 내용인데, 그 장면에서 소년의 어머니가 문맹이라는 사실이 밝혀진다고 한다. 섣달그믐인가 정월에, 가난했지만 씩씩했던 소년의 머리 위로 작은 눈꽃들이 하늘하늘 춤추며 떨어지는 정경 묘사가 퍽이나 인상에 남는 작품이라고 했다.

하지만 그런 작은형도 "아마도 서양인의 작품일지 모르겠다"는 말만 되뇔 뿐 끝끝내 원작자의 이름은 기억해내지 못했다.

· 추기: 나중에 안 사실이지만, 『양쯔 강 소년』의 원작자는 엘리자베스 루이스Elizabeth Foreman Lewis이며 이를 일본어로 번역한 사람은 코이데 쇼고小出正吾라는 인물이었다. 볼티모어 출신의 미국인인 저자는 국민혁명기에 선교사 자격으로 중국에 장기간 머문 경력이 있었다. 원서는 1932년 미국에서 출판되었다.

1. 1883~1977. 불문학자·평론가.
수필 『미지의 사람에게 보내는 답장』未知の人への返書의 저자이기도 하다.

2. 미야자와 겐지의 동화집.

3. 독일의 작가이자 나치즘에 저항한 지식인. 날카로운 풍자와 건강한 해학이 넘치는
어린이책도 썼다. 특히 1931년, 전후 사회의 허위성을 풍자한 『파비안』Fabian을
발표하여 반反나치 작가라는 낙인과 함께 집필 금지 및 분서 처분을 받기도 했다.
1960년에 한스크리스티안안데르센상을 받았다.

4. 1908~1992. 독문학자·번역자.

5. 빅토르 위고 『레미제라블』Les Misérables의 번안 작품. 1902~1903년
구로이와 루이코黑岩淚香가 번안해 신문에 실었다. 우리나라에서도 민태원이
이 작품을 1918~1919년 『매일신보』에 '애사'哀史라는 제목으로 번안해 실었다.

6. 소설가. 1951년 「데스마스크」로 등단했고
「예수의 후예」イエスの後裔로 나오키상을 받았다.

7. 1828~1905. 프랑스의 소설가. '과학소설Science Fiction의 창시자'라는
평을 받고 있다. 『80일 간의 세계 일주』와 『해저 2만 리』로 유명하다.

8. 스위스의 작가 요한 다비드 비스Johann David Wyss(1782~1830)가 쓴 어린이 모험소설.

9. '江'는 '강'이라는 뜻일 때 '코'라고 발음하지만 '에'로 읽을 수도 있다. 특히 여자 이름에서
이 글자는 '에'로 읽는 경우가 많다. 여기서 저자는 양쯔 강을 여자 이름처럼 읽은 것이다.

10. 1933년 뉴베리상을 수상한 작품이다. 저자 엘리자베스 루이스의 생몰년은 분명하지 않다.

11. 1899~1966. 중국의 작가. 문화혁명 때 반동분자로 지명되어 처형당했으나 후에 복권되었다.

어린아이의 눈물 2

니콜라이 바이코프의 『위대한 왕』

며칠 전

두통에 신열이 올라 침상에 드러누워 우치다 햣켄內田百閒[1]을 읽었다. 그러다 「샴페인」三鞭酒[2]이라는 글을 대하는 순간 그간 내 눈에 씌었던 허물이 한 꺼풀 벗겨졌다.

우치다 햣켄이 아이였던 시절에, "만주 기병을 생포해서(이케톳테), 제- 제- 제국 대승리(데- 데- 데이고쿠 다이쇼리), 리- 리- 리홍장(리카샤)李鴻章[3]의 대머리" 운운하는 동요가 유행했다는 것이다.

사실 내가 꼬맹이였을 때 자주 입에 올리던 '끝말잇기 노래'[4] 가운데도 '리카샤의 대머리'라는 소절이 있었다. 그리고 이 구절은 지금까지도 줄곧 내 뇌리에 각인되어 있다. 누구한테 이 노래를 처음 배웠는지는 기억나지 않지만, 아마도 형들이었으리라.

'리카샤'라는 말은 무슨 뜻일까? 이렇게도 생각해보고 저렇게도 머리를 굴리다가 지쳐버린 나는, 결국 그 나이를 먹도록 그저 '과학자'[5]를 뜻하는 말이겠거니 추측하고 있었다. 흰 가운을 입고 한 손엔 플라스크를 들고 있는, 머리가 허옇게 벗겨진 과학자를 상상하고 있었던 것이다. 그런데 그것이 리홍장의 이름이었을 줄 누가 알았으랴!

우치다 햣켄은 1889년 오카야마岡山 태생이므로, 그가 어렸을 때에는 청일전쟁의 전승 분위기가 아직 일본 전역에 가득 차 있었을 것이다. 이와 뿌리를 같이하고 있을 끝말잇기 노래가 제2차세계대전에서 일본이 패하고 10년, 15년 세월이 흐른 뒤 교토의 내 어린 시절까지 전승되고 있었던 것이다. 요즘 아이들도 이 노래를 알고 있을까?

'기록'한다는 의미에서 여기에 그 동요의 가사 전체를 적어보겠다.

동박새(메지로), 러시아(로시야), 야만국(야반코쿠), 구로바타케, 죽방울(켄다마), 마키 두부(도후), 훈도시를 찬(시메타), 다이코는 위대하구나(이다이다나), 난킨 대장 무찌르고(호로보시테), 천하(텐카)의 호걸이 말을 걸었다(가케다), 높이높이(다카다카) 모자 올라가고(모리아가리), 리카샤의 대머리(하게아타마), 지고(마케데) 도망치는 찬찬 병사(헤이), 군대(헤이타이) 돗토코 도야마의 38연대(렌타이), 큰북(타이코)을 울려라 점심시간이다(히루메시야), 군고구마(야키이모) 사 먹었더니 방귀가 나왔다(오나라가 데타), 너구리(타누키)의 불알 100관(햣칸메), 동박새(메지로), 러시아(로시야)……[6]

이렇듯 이 노래는 무한히 이어져나간다.

위 노래는 내 기억에만 의존한 것이므로 당연히 정확한 텍스트라 말할 수 없다. 지금에 와서도 '마키 두부'나 '높이높이 모자'가 무엇을 뜻하는 말인지 이해할 수 없거니와, '군고구마'에서 '너구리'까지는 끝말을 무한히 이어가기 위해 억지로 짜낸 '고육지책'이라는 인상이 강하다.

어쨌건 이렇게 지난 기억을 불러내놓고 보니 퍽 험악한 노래이다.

'러시아, 야만국'이라는 소절은 러일전쟁에 근거를 두고 있을 터이고, 누군가 알려준 바에 의하면 '구로바타케'는 러시아의 패장 쿠로파트킨Alexei N. Kuropatkin[7]을 가리킨다고 한다. '다이코'가 '난킨 대장 무찌른다'는 얘기는 도요토미 히데요시豊臣秀吉가 조선을 침략하여 중국 명나라 군대와 전투를 벌였던 일을 가리키는 것이리라. '찬찬 병사'란 중국 군대를 멸시하는 호칭임은 두말할 나위도 없을 테니, 이 끝말잇기 노래는 흡사 일본의 대외 침략 역사를 한가락 노래로 통관通觀해버린 듯하다. 조선인인 나는 이런 사실은 상상도 못한 채 이 노래를 불렀고, 또 그것이 유년기의 내 기억 속에 스며들어 지금까지 남아 있는 것이다. 생각할수록 얄궂은 일이다.

*

큰형이 고등학교를 다니고 있을 때였으니까 내가 일곱 살쯤 되었을 때, 우리 네 형제는 교토의 북쪽 슈잔周山 근처로 캠핑을 간 적이 있다. 텐트는 대장인 큰형이 지고 갔다. 그때까지는 그가 우리 형제 중에서 유일한 아웃도어파였던 것이다.

작은형과 막내형도 제각기 낚시 도구니 조리 도구들을 지고 나섰지만, 아직 코흘리개였던 나는 짐 운반을 면제받았기 때문에 읽다 만 책 한 권을 오른손에 늘어뜨린 가벼운 차림으로 비칠비칠 형들의 뒤를 따라갔다. 내가 가져간 책은 히라가 겐나이平賀源內[8]의 전기였다.

목적지인 강변에 적당히 텐트를 치고 형들은 저마다 수영을 하거나 물고기를 낚거나 토마토를 서리하러 밭에 잠입하기 시작했는데, 나는 썩 마음이 내키지 않았다. 캠핑 따위보다는 집에서 책 읽기를 더 좋아했던 것이다. 남자라면 밖에서 씩씩하게 뛰어놀아야 한다는 일반적인 상식은 내게는 항상 고통의 씨앗이었다.

막내형이 소시지를 미끼로 천신만고 끝에 낚아올린, 메기 비슷한 '기기'라는 작은 물고기 한 마리를 큰형이 마늘과 부추, 고춧가루 등의 양념을 넣고 조선식으로 조려 저녁 반찬으로 먹었다. 솔직히 나는 고래고기를 일본풍으로 조려낸 통조림 같은 게 더 먹고 싶었다. 잠자리에 들 시간이 되자 '이제 드디어 책 뒷부분을 읽을 수 있겠구나' 하는 생각에 내심 즐거웠다. 그러나 랜턴 빛이 너무 어둡고 모기도 많아 도무지 책을 읽을 수 있는 형편이 아니었다. 캠핑 장소가 강변 둔치였으니 설상가상으로 크고 작은 돌들이 내 등 아래에서 서로 치대었고, 그런 상황에서 잠을 청하는 기분이란 영 말이 아니었다. 급기야 나는 그런 불만사항을 구시렁대며 칭얼거리기 시작했고, 결국 인내심이 한계에 다다른 큰형한테 꿀밤 한 대를 쥐어박히고 말았다. 바로 위 막내형한테는 늘상 쥐어박히는 신세였지만 큰형에게 꿀밤을 맞은 일은 이때가 처음이자 마지막이었다.

응당 즐거워야 할 캠핑이 나 때문에 그만 엉망이 되고 말았다. 나는 꿀밤의 아픔보다도 그게 더 서러워 훌쩍훌쩍 눈물을 흘리며 잠들었다.

*

울며 잠들던 기억과 연결된 그 시절, 내가 들고 간 그 책의 정식 이름은 『만능의 재인 히라가 겐나이』萬能の才人 平賀源內였다. 지은이는 히라노 이마오平野威馬雄[9]이며, 포플러에서 나온 '위인전문고' 중 한 권이었다. 책 첫머리에 실린 사진에서 정전기발생장치[10]를 본 기억이 난다.

30여 년 만에 책을 들춰보니, "다이쇼大正 13년 2월, (히라가 겐나이에게) 종5위從五位의 벼슬이 내려졌다"라는 대목이 언뜻 눈에 들어왔다.

전혀 몰랐던 사실이다. 다이쇼 13년, 즉 1924년이면 히라가 겐나이가 세상을 떠난 지 145년이나 지난 시점이다. 도대체 무슨 이유에서 그런 일이 벌어졌던 것일까?

이는 일본 과학에 끼친 히라가 겐나이의 위대한 공적을 인정한 것입니다. 만년 감옥에 수감되어 옥사한 그의 입장에서 보면, 이는 실로 천황의 황공하신 어명이라 해야 할 것입니다.

그 책의 정식 이름은 『만능의 재인 히라가 겐나이』이다.

이 책이 속한 '위인전문고' 시리즈에는 '전전'과 '전후'가 무질서하게 혼재해 있는 것 같다.

'전후 문화'를 다룬다고는 하지만 실제로 원고를 작성한 작가의 면면이

'전전'부터 낯익은 인물들인 것을 보면 이들의 사상 역시

그다지 전향적으로 변한 것은 아니었다.

"천황의 황공하신 어명"이라는 말의 의미를 당시 일곱 살인 내가 이해했을 리 없다. 1956년에 발행했다는 판권 기록을 보면 이미 패전 후 10년이 흘렀다는 말인데, 어떻게 전전戰前의 본색을 노골적으로 드러내는 표현이 그대로 쓰일 수 있단 말인가! 오히려 가소로운 마음이 들었다.

이 '위인전문고'의 라인업은 『링컨』, 『카네기』, 『포드』 등과 더불어 『루 게릭』까지 포함하고 있다. 『루 게릭』의 광고 문구는 "미국이 배출한 불세출의 타격왕 루 게릭의 고결한 인격과 불굴의 스포츠 정신"이다. 한편 『가노 호가이』狩野芳崖,[11] 『니지마 조』新島襄,[12] 『사토 노부히로』佐藤信淵,[13] 『이시카와 리키노스케』石川理紀之助[14] 같은 차분한 인물들도 등장한다. 그런가 하면 "일본의 광명으로 추앙받는, 영명한 메이지 천황이 일본 홍업을 위해 바친 고난의 생애"라는 문구를 단 『메이지 천황』도 들어 있었고, 저자는 야마나카 미네타로山中峯太郎[15]이다.

이 시리즈에는 '전전'과 '전후'가 무질서하게 혼재해 있는 것만 같다. '전후 문화'를 다룬다고는 하지만 실제로 원고를 작성한 작가의 면면이 '전전'부터 낯익은 인물들인 것을 보면, 이들의 사상 역시 표면에 드러난 것처럼 전향적으로 변한 것은 아니었다. 게다가 이 책이 출판된 당시는 대일강화조약[16]이 얼마 지나지 않은 때로 일본 안에서 '전전'戰前의 기세가 다시 반등하기도 했을 터이다.

그즈음 나는 나카무라 고야中村孝也[17]의 『세계사 편력』世界史めぐり을 애독하기

도 했는데, 이 책은 지금껏 벽장 안에 살아남아 있다. "청나라는 잠자는 사자인가, 병든 돼지인가"라는 문구를 나는 이 책에서 처음 알았다. 내가 이 구절을 특별히 또렷이 기억하는 것은, 사회시간에 이 문구를 발표하여 선생님께 청찬을 받은 적이 있기 때문이다.

이 구절이 나오는 대목을 다시 찾아보니 이런 내용이 나왔다.

일본은 1860년 베이징조약을 체결한 후 7년째 되는 해에 막부가 멸망했고, 메이지유신 이후로는 과거의 쇄국양이鎖國攘夷 정책 따위를 언제 일이냐는 듯 모두 잊고 근대국가를 확립하는 길에 온힘을 기울였지만, 청나라는 좀처럼 그렇게 하지 못했다. 느릿느릿 꾸물거리며 아무런 일도 도모하지 않은 채 예전과 변함없이 대국인 양 거드름을 피우는 동안 1894년 청일전쟁이 발발했다. 거대한 청나라는 일본을 얕잡아보고 덤벼든 결과, 예상 밖으로 맥없이 주저앉고 말았다.

이 책 첫머리에도 "일본은 입헌 민주주의 국가로서 새출발하게 되었습니다" 운운하는 말이 씌어 있기는 했지만, 실상 그 알맹이는 '전전'戰前의 모습을 그대로 옮겨놓은 것이었다. 청일전쟁은 조선반도를 무대로 펼쳐진 전쟁이었고, 이 전쟁 결과 조선은 외교 자주권을 일본에 빼앗기면서 끝내 일본의 식민지배를 받게 되었다. 근현대 일본사회를 관통하는 아시아 멸시관은 이 전쟁을

『위대한 왕』에 푹 빠져 있던 나는, 인간들이 만들어놓은 국경 따위는 아랑곳 않고
첩첩이 이어진 산과 숲을 자유로이 돌아다니는 호랑이의 웅자한 모습을
넋을 빼고 공상했다. 하지만 그러한 밀림의 왕자도 곧 물밀 듯 닥쳐오는
인간들에게 쫓기는 신세가 되고 만다.
그 배경을 이룬 것이 근대 문명을 앞세운 러시아와 일본의 만주 침략이었다.

기점으로 형성되었다고도 말할 수 있다. 그런 사실을 몰랐던 나는, 일본인의 입장에 서서 중국을 깔보고 '사자냐 돼지냐' 알은체하며 학교에서 칭찬받았던 것이다.

1992년 여름, 나는 중국 지린吉林의 연변조선족자치주를 방문했다. 지난날 '간도'間島로 불리던 이 지역은 조선반도와 만주, 러시아와 국경을 접하고 있어서 20세기 초엽부터 일제의 식민 지배에서 벗어나려는 조선인들이 많이 이주했던 곳이다. 그 때문에 이 지방은 일본의 중국 침략 교두보가 되었을 뿐만 아니라, 동시에 조선인과 중국인의 항일 투쟁의 장場이 되기도 했다.

조선과 중국의 국경에 우뚝 솟은 백두산에 올라 산정에서 사방을 두루 내려다보니, 백두산 기슭의 경사면엔 실로 검푸른 바다처럼 울창한 수해樹海가 펼쳐져 있었다. 산에서 내려와 산기슭에 자리 잡은 자연박물관에 들러, 진열된 이 지방 야생동물들의 박제를 살펴보았다. 물론 호랑이도 있었는데, 의외로 초라한 그 몰골에 절로 한숨이 나왔다. 어릴 적 애독했던 『위대한 왕』偉大なる王이 떠올랐기 때문이다. 이 책은 니콜라이 바이코프Nikolai A. Baikov[18]의 책을 도미자와 우이오富澤有爲南[19]가 개작한 것이었다.

이 작품은 만주의 밀림을 무대로 하는 거대한 호랑이의 삶과 죽음에 대한 이야기이다. 이마에서 목덜미까지 이 호랑이를 장식한, '왕대'王大자 모양의 줄무늬는 대대로 밀림의 왕자라는 증표였으며, 호랑이의 이름도 그 모양을 따라

1

왕대가 되었다. 왕대의 조상은 바로 백두산을 호령하던 조선의 호랑이였다.

　바이코프가 묘사한 동물 대 동물, 인간 대 동물의 그 무자비하고도 타협 없는 투쟁에는, 아이들을 위한 허구를 넘어서는 리얼리티가 느껴진다. 더욱이 대자연을 향한 토착민의 외경심이나 사랑하고 안타까워하는 마음도 잘 그려져 있다. 키플링J. R. Kipling의 『정글 북』The Jungle Book보다 훨씬 재미있다. 『위대한 왕』에 푹 빠져 있던 나는, 교활하고 약삭빠른 인간들이 만들어놓은 국경 따위에는 아랑곳 않고 첩첩이 이어진 산과, 바다 속처럼 깊은 숲을 자유로이 돌아다니는 호랑이의 그 웅자雄姿한 모습을 넋을 빼고 공상하곤 했다. 하지만 그러한 밀림의 왕자도 물밀 듯 닥쳐오는 인간들에게는 쫓기는 신세가 되고 만다. 그 배경을 이룬 것이 근대 문명이라는 이름을 앞세운 러시아와 일본의 만주 침략이었음은 다시 얘기할 필요도 없을 것이다.

　『위대한 왕』의 저자 니콜라이 바이코프는 본래 러시아가 부설한 하얼빈 철도의 수비대로 만주에 왔는데, 동식물학을 연구하면서 자연조사에 종사하다가 만주의 자연에 완전히 마음을 사로잡히고 말았다. 1917년 러시아혁명이 일어난 이후 인도로 망명한 그는 인도를 떠나 또다시 만주의 하얼빈을 찾아왔다. 원작은 독일방공협정[20]과 2·26사건[21]이 일어났던 1936년에 하세가와 슌長谷川濬[22]의 번역으로 신문에 연재되어 호평을 받은 뒤, 분게이슌주샤文藝春秋社에서 단행본으로 발간되어 베스트셀러가 되었다. 이 『위대한 왕』은 답답하고 울적한 세상살이에서 잠시 숨을 고르게 해주는 책인데, 동시에 군국주의 일본의 위세를 배경으로 사이비낭만주의 정서를 자극하기도 했던 것 같다.

혁명과 전쟁의 시대를 살아간 조국 상실자 바이코프는 '국가'에 절망하여 '자연'으로 자신을 침잠시켰던 것이 아닐까. 그러나 무자비한 현실 정치는, 호랑이 '왕대'에게 그랬듯 바이코프 역시 그가 바라는 대로 놓아두지 않았다. 한동안 국적 없는 사람으로 중국 대륙에 남겨진 바이코프는, 잠시 일본에 몸을 의탁하다가 호주로 건너가 고독하게 삶을 마감했다고 한다.

1. 1889~1971. 소설가·수필가. 나츠메 소세키의 문하생으로, 초기에는 『명도』冥途와
같은 초현실적 성향이 짙은 작품을 발표했다. 후에 특유의 유머러스한 수필을
발표하면서부터 유명해졌다. 작품에 소설 『안작 나는 고양이로소이다』贋作吾輩は猫である와
수필집 『햣켄 수필』百鬼園隨筆, 『소세키 잡기첩』漱石雜記帖 등이 있다.

2. 1937년 우치다 햣켄의 수필집 『호쿠메이』北溟에 실린 글. 『융숭한 대접』御馳走帖에도 실려 있다.

3. 청나라 말의 정치가. '태평천국의 난'을 진압하면서 능력을 인정받았다. 영국과 러시아 등의
지지를 얻으며 군사공업을 비롯한 각종 근대공업을 추진하고, 양무파洋務派 관료를 이끌었다.
청일전쟁에 패한 뒤에는 권력 기반을 잃고, 결국 1895년 시모노세키조약에 조인했다.

4. 끝말잇기처럼 앞 낱말의 마지막 발음을 받아 노래를 이어나가는 놀이.

5. 동요 속의 '리카샤'와 과학자라는 뜻의 '이학사'理科者는 일본어에서 발음이 같다.

6. 죽방울은 장난감의 한 종류이며 훈도시는 남자의 샅을 가리는 긴 천이다.

7. 제정러시아의 장군. 1903년 일본을 방문해 급속한 근대화와 군비증강을 목격하고
대일반전론對日反戰論을 펼쳤다. 그러나 강경파에 떠밀려 러일전쟁에 극동군 총사령관으로
참전했다가 패하면서 좌천되었다. 그 후 1917년 '2월혁명'이 일어나면서 구금되었다.

8. 1728~1779. 에도 시대의 박물학자·의사·작가·발명가. '르네상스적 인간'이라는
평가를 받고 있다. 네덜란드의 해부서를 번역한 스기타 겐파쿠杉田玄白와도
친교를 나누었다. 저서에는 『신전지도』神電知渡와 『풍류지도헌전』風流志道軒傳,
『물류품척』物類品隲 등이 있다.

9. 1900~1986. 불문학자·시인.

10. '마찰발전기'의 일종이며 병을 치료하는 데 사용했다. 히라가 겐나이가
네덜란드의 기계를 토대로 연구를 거듭하여, 1776년 제작했다고 한다.

11. 19세기의 화가. 가노 쇼센狩野勝川에게 사사했다. 전통 필법에 서양화의 화법을 도입했으며,
오카쿠라 덴신岡倉天心 등과 함께 일본화 혁신 운동에 가담, 일본화의 새로운 영역을
개척한 인물로 평가받고 있다. 대표작으로 〈대취〉大鷲, 〈비모관음상〉悲母觀音像 등이 있다.

12. 메이지 시대의 교육가·종교가. "국운의 성쇠는 교육에 달려 있다"는 확신으로 10년 동안 미국 유학을 하고 선교사가 되어 귀국한 후 1888년 기독교 교리에 바탕한 「도시샤대학同志社大學 취지서」를 발표했다. 그 후 자금 모집 등의 일로 분망하다가 여관에서 병사했다.

13. 에도 후기의 농정학자·국학자. 우다카와 겐즈이宇田川玄隨 문하로 들어가 공부했다. 저서에 『경제요록』經濟要錄, 『농정본론』農政本論, 『천주기』天柱記 등이 있다.

14. 메이지 시대의 농촌지도자. 전 생애를 빈농구제에 바친 인물로 알려져 있다.

15. 1885~1966. 아동문학가. 『아시아의 서광』亞細亞の曙, 『만국의 왕성』萬國の王城, 『대동의 철인』大東の鐵人 등 소년 모험소설 작가로 활약했으며, 코넌 도일A. C. Doyle의 『셜록 홈즈』를 번역하여 큰 인기를 누렸다.

16. 제2차세계대전의 전쟁상태를 종결하고 국교를 회복하기 위해 일본이 미국·영국 등 48개국과 체결한 조약. '샌프란시스코강화조약' 혹은 '대일평화조약'이라고도 한다. 1951년 9월 샌프란시스코에서 서명하여 이듬해 4월부터 발효되었다. 한반도의 독립 승인 등 영토문제, 배상문제가 다루어졌다. 일본은 이 조약에 참가하지 않은 국가들과 1952~1958년 사이에 '2국평화조약'이나 그에 상응하는 문서를 체결하여 국교를 회복했다.

17. 역사학자. 도쿄대학東京大學 사료편찬관을 거쳐 같은 대학에서 교수를 지냈다.

18. 1872~1958. 러시아의 망명 작가. 『위대한 왕』은 그의 대표작이자 세계 동물문학의 걸작으로 평가받는다.

19. 소설 『지중해』地中海로 아쿠타가와상을 수상했고, 저서에 『협골일대』俠骨一代, 『법정』法廷, 『사랑의 화랑』愛の畵廊 등이 있다.

20. 1936년 베를린에서 독일과 일본이 체결한 협정. 코민테른에 대한 정보를 교환하고 방위 수단을 협력하기 위해 맺은 5년 기한의 협약으로, 이듬해 이탈리아가 참여했고 1941년 '삼국동맹'으로 발전했다.

21. 일본 파시즘 대두기에 발생한 반란 사건. 1936년 2월 26일 황도파皇道派 청년장교가
일부 부대를 이끌고 봉기, 주요 정치인들을 암살하고 소위 쇼와유신을 단행했다.
그러나 군부가 갑자기 등을 돌려 이들 반란군을 진압하고 정치적 실권을 장악했다.
그 후 군벌파시즘 체제가 확립되면서 일본은 중일전쟁, 태평양전쟁의 전화 속으로 뛰어든다.
22. 쇼와 초기 문학가. 전전과 전후 일본 문화계에 족적을 남긴 '하세가와 4형제' 중 셋째.
만주로 건너가 만주영화협회滿州映畵協會에 근무하며 소설을 쓰던 중 『위대한 왕』을 번역했다.

어린아이의 눈물 3

에리히 케스트너의 『하늘을 나는 교실』

초등학교

시절 내가 가장 싫어했던 것은 급식비라든지 수학여행 적립금 따위를 내는 일이었다. 이 외에도 간유(肝油)나 구충제를 신청하는 일이라든가, 걸레를 만들기 위해 천 조각을 학교에 갖고 가는 일도 좋아하지 않았다.

내 어머니는 당신 자녀들의 학업과 관련된 그 같은 잗다란 준비물들을 일일이 빠짐없이 신경 써서 챙겨줄 수가 없었던 것이다. 우리 집이 극도로 가난했다고는 할 수 없지만, 이따금 급식비마저 제때 납부할 수 없던 적이 있었던 건 사실이다. 게다가 어머니는 우리가 상상하는 것 이상으로 바쁘셨다. 하지만 진정한 속내를 얘기하자면, 어머니는 글눈이 어두워 학부형들을 위한 학교의 통지서나 공지사항 등을 읽으실 수 없었던 것이다. 더욱이 어머니는 당신이 문맹이라는 사실을 숨기시려고 내 앞에서 오랫동안 글 읽는 시늉을 하며 지내셨다.

급식비를 제출하지 않으면 안 될 위기 상황에 봉착하면, 그제야 생각났다는 듯 "아차, 깜빡했다!" 하며 큰 소리를 내는 것이 특기였다. 그러나 그것도 두 번 세 번 거듭되면 곧 들통이 나기 마련이었다. 그런 만큼 담임선생님께서도 나 때문에 적잖이 곤란한 입장에 처하셨으리라. 그러던 어느 날, 수업을 모두 마친 후 선생님께서는 교실에 나만 홀로 남게 하셨다. 급식비 문제로 드디어 꾸중을 듣게 생겼구나 생각하고 있는데, 선생님은 "집안 형편이 어려우면 서슴지 말고 얘기하렴" 하고 온화한 목소리로 말씀하셨다.

"우리 집이 가난한 건 아니에요. 다만……"이라고만 대답했을 뿐, 나는 "우리 엄마가 글자를 읽지 못하기 때문에"라고 말을 이을 수가 없었다.

'절대로 울지 말자!'

마음속으로 그렇게도 다짐해보았건만, "왜 그러니?" 하고 이어지는 선생님의 물음에 여리게도 그만 나는 눈물을 흘리고 말았다.

"그래그래. 괜찮아, 자아 이제 눈물 뚝" 하시며 선생님은 나를 다독여주셨고, 모르긴 몰라도 '가난한 집안 형편 때문이려니' 하고 결론을 내리신 듯했다. 나는 흐르는 콧물을 훌쩍거리면서 '엄마가 글자를 못 읽는다는 부끄러운 사실은 탄로나지 않았으니 그냥 그런 걸로 해두면 되겠구나' 하고 그제야 마음을 놓았다.

*

'절대로 울지 말자!'는 구절은 『하늘을 나는 교실』의 주인공 마르틴 타라가 자신을 설득하며 스스로 다짐했던 말이다.

기숙생이던 마르틴 타라의 양친은 크리스마스 휴가가 다가오고 있는데도 마르틴에게 고작 5마르크밖에 송금할 수가 없었다. 그것도 섣달그믐까지 갚기로 약속하고 삯바느질하던 양복점 주인한테 빌린 돈이었다. 하지만 마르틴이 집으로 돌아오기 위해서는 8마르크의 여비가 필요했다. 마르틴의 어머니는 아들에게 편지를 쓴다. 귀성을 포기하고 보내준 돈으로 초콜릿이라도 사먹으라고, 가끔은 밖에 나가 썰매라도 타면서 놀라고, 그리고 절대 울지 않기로 서로 약속하자고.

'절대로 울지 말자!'고 다짐한 마르틴은 기숙사에서 크리스마스를 보내기로 결심한다. 부모에게 버림받아 돌아갈 곳마저 없는 요나단 트로츠를 제외하면, 모두들 고향을 향해 떠나버리고 기숙사엔 아무도 남아 있지 않았다.

나는 될 수 있으면 이 대목에 시선을 주지 않으려 애썼다. 구태여 읽지 않더라도 그 내용을 모두 암기하고 있기도 하거니와, 이를 읽게 되면 어느새 마음이 지난 어린 시절의 나로 되돌아가 당장 코끝이 찡해오기 때문이다.

초등학교 4, 5학년 때의 나는 일상적인 상황에서도 곧잘 『하늘을 나는 교실』에 나오는 장면이나 그 등장인물들을 떠올리곤 했다. 가령 우리 담임선생님은 '정의선생' 正義先生과는 전연 딴판이라거나, 장차 어른이 되어 '금연선생' 禁煙先生처럼 살아가는 것도 별반 나쁘지는 않겠지만 피아노를 못 치니 큰일이다 생각하며 상상의 나래를 펴곤 했다.

꼬맹이 울리가 자신의 용기를 보여줄 요량으로 높다란 체조용 사다리 위에서 우산을 쥐고 뛰어내리는 대목을 읽을 때는, 울리를 흉내내어 사다리에서 뛰어내리는 내 모습을 심각하게 마음속으로 그려보기도 했다. 지독히도 철봉에

소 년 의 눈 물

70

약했던 나는 체육시간이 돌아오면 자주 반 친구들의 웃음거리가 되었기 때문에, 『하늘을 나는 교실』의 울리처럼 다른 친구들 눈에 '혹여 내가 겁쟁이로 비치지는 않을까' 걱정도 했다. 하지만 뼈가 부러진 울리처럼 병원에 입원하는 신세가 되기라도 한다면…… 혹 그런 상황이 벌어진다면 같은 반 여학생들이 종이학과 과자를 들고 병문안이라도 오지 않을까?

그런 상상에 빠져 나는 멍하니 넋을 잃고 있었다. 이렇듯 특정 연령대의 아이들 마음에 움트는 역설적인 영웅심리를, 에리히 케스트너는 과연 작가다운 안목으로 정확하게 포착하고 있었다.

*

어린아이들에게 가장 큰 고통은 부모의 사랑을 받지 못하는 것이리라. 집이 가난한데 설상가상으로 부모의 사랑마저 받지 못한다면, 이는 분명 어린아이에게는 지옥이나 다름없다.

우리 집이 가난한지 아닌지 하는 문제는 초등학생인 내게 언제나 커다란 수수께끼였다. 배를 곯던 쓰라린 기억도 없거니와, 집안에 돈이 있을 때 부모님은 내가 원하는 물건은 거의 다 사주셨다. 그러다가도 당연히 해주겠거니 하고 무언가를 보채거나 하면 돌연 "집이 가난한 마당에 배부른 소리 좀 그만해!" 하며 호된 꾸지람을 받았기 때문에 나는 도무지 마음을 놓을 수가 없었다.

우리 집에는 따로 대문이 있었다. 그래서 아이들과 서부영화처럼 총싸움 놀이를 할 때면, 아이들은 항상 우리 집을 인디언의 공격을 받는 요새로 간주했다. 우리는 문짝에 걸터앉아 '피웅피웅' 하며 총소리를 내고 고래고래 소리를 지르며 각자의 상상 속에 존재하는 라이플총을 여기저기 마구 쏘아댔다. 친구들 대부분이 습기로 눅눅한 골목길의 기다란 연립주택[1]에 살던 시절의 일이다. 대문 달린 집에 사는 사람을 과연 '가난하다'고 얘기할 수 있을까?

어느 날 학교를 마치고 집에 돌아와 보니 문이 굳게 잠겨 있었다. 대문 안쪽에서 누군가 빗장을 질러놓은 것이다. 하지만 나는 조금도 당황하지 않았다. 그도 그럴 것이 대문과 땅 사이에 작은 틈새가 벌어져 있었고, 마침 그 틈새는 내 머리를 겨우 통과시킬 만한 폭이었기 때문이다. 나는 매고 있던 책가방을 훌쩍 벗어던졌다. 그러고는 땅바닥에 바짝 엎드려 얼굴을 옆으로 돌린 상태에서 대문 안쪽으로 머리를 밀어 넣은 뒤, 흡사 파충류나 도마뱀처럼 슬금슬금 밑으로 기어 들어갔다.

그렇게 부엌 안으로 들어가 보니 아무도 없을 것 같던 어두컴컴한 거실에 어머니가 꼼짝 않고 홀로 앉아 계셨다. 내가 학교에서 돌아왔다는 걸 알면서도 입을 꼭 다문 채 뒤돌아보려고도 하지 않으셨다. 뭔가 이상한 낌새를 챈 나는 어머니 기분을 풀어드릴 요량으로, 눈치를 살피다 익살스런 몸짓을 한 채 "엄

"절대로 울지 말자!"는 구절은 『하늘을 나는 교실』의 주인공
마르틴 타라가 스스로 다짐했던 말이다. 나는 될 수 있으면 이 대목에 시선을 주지 않으려 했다.
구태여 읽지 않더라도 내용을 모두 암기하고 있기도 하거니와, 이를 읽게 되면
어느새 마음이 어린 시절의 나로 되돌아가 당장 코끝이 찡해오기 때문이다.

마아아……" 부르며 다가갔다. 그런데 그 순간 어머니는 갑자기 가까이 있던 찻잔을 집어 들고는 나를 향해 힘껏 내던지셨다. 찻잔은 아슬아슬하게 목표물을 빗나갔고 문기둥에 부딪혀 산산조각이 났다. 너무 놀라 어찌할 바를 모른 나는 걸음아 날 살리라며 쏜살같이 문밖으로 도망쳤는데, 그제야 비로소 어머니께서 소리도 내지 않고 혼자 울고 계셨다는 사실을 깨달았다.

히스테리의 폭발이었다. 어머니께서 나를 나이 서른에 낳으셨으니, 그 일이 벌어진 즈음 어머니는 아직 30대 후반이셨다. 어린 시절에는 그 같은 불의의 폭발이 무엇 때문인지 짐작도 못했지만, 나중에 곰곰이 생각해보니 틀림없이 경제적인 문제나 아버지의 행실 둘 중 하나가 그 이유인 듯했다.

우리 집은 이웃들보다 한발 앞서 텔레비전을 샀다. 저녁때를 넘기면 프로레슬링이나 야구경기를 관람하기 위해 동네 사람들이 우리 집 거실로 하나둘씩 모여들었다. 과연 이런 우리 집을 가난하다고 말할 수 있을까?

그러나 그 텔레비전을 통해 내 기억에 선연하게 아로새겨진 것은 아래와 같은 드라마였다.

엄마와 아이, 두 모자가 사는 한 가정이 있었다. 이 아이는 계란을 무척이나 좋아했지만 가난한 탓에 엄마는 쉽사리 계란을 사줄 수가 없었다. 그래서 아이는 언제나 지루한 기색도 없이 가게 앞에 진열된 계란을 물끄러미 바라보며 하루하루를 지냈다. 그러던 어느 날 아이를 측은히 여긴 가게 주인이 아이에게 달

걀 한 알의 온정을 베풀어주었다. 기쁨에 넘친 아이는 용기백배, 힘을 내어 집
으로 돌아와서는 일하는 엄마에게 계란을 내보였다. 하지만 훔쳐온 것으로 지
레 짐작해버린 엄마는 아이의 손에서 계란을 빼앗아 바닥에 던져버리고 만다.
천신만고 끝에 손에 넣은 그 소중한 계란이 발밑에서 무참히도 깨져버린 것이
다. 당시 계란은 지금처럼 쉽게 사먹을 수 있는 식품이 아니었다. 이런 장면을
기억하고 있는 것은 나 역시 계란을 좋아했기 때문이리라.

　그즈음 섬유 원료를 중개하는 일을 하시던 아버지의 사업은 경제적으로 부
침浮沈이 극심했다. 돈을 벌었을 때는 "은행을 오갈 시간 여유가 없어서 장롱과
벽 틈에 아무렇게나 돈다발을 쑤셔 넣곤 했다"며 자랑하는가 하면, 또 한편으
로는 늘 부도어음을 움켜쥐고 있었기에 돈 받으러 오는 채권자들을 피하느라
몸을 숨기는 일이 예사로 벌어지곤 했다.

　혹시라도 이마무라라는 사람한테 걸려온 전화를 받으면 "아빠 지금 집에
안 계세요. 집에 아무도 없어요"라고 대답하도록, 우리는 어머니께 단단히 교
육을 받았다. '이마무라'는 금융업자의 이름인데 어느 해던가 섣달그믐에는 음
울한 표정의 이마무라 씨가 방 안까지 들이닥쳐 우리 형제들과 '가요청백전'을
시청하며 내내 아버지의 귀가를 함께 기다린 적도 있었다.

　우리 집은 부자일까, 아니면 가난할까? 그것이 큰 문제였다.

　어릴 적 내가 간절히 열망하고 선망했던 것은 견실한 중산층 샐러리맨 아버

지와 후덕하고 문맹이 아닌 어머니였다. 하지만 한편으로는 그러한 선망을 품는다는 것 자체가 너무도 죄스러운 일이라 생각했기에, 자칫 잘못해서 어머니나 형제들이 눈치채지 않을까 늘 노심초사 가슴을 졸였다.

       *

　나보다 두 학년 위, 그리고 우리 집 셋째인 막내형의 동급생 중에 아라이라는 이름의 '악동'이 있었다. 무리의 우두머리까지는 못 되었고 넘버2나 넘버3 정도 위치에 있던 아이였는데, 항상 수하의 졸병들을 거느리고 다니면서 얌전한 아이들만 골라 생트집을 잡고 공갈을 치며 푼돈을 빼앗았다. 대체로 조선인 악동은 같은 조선인 학생들을 괴롭히지 않는 것이 불문율이었는데, '아라이'라는 이 악동은 그런 묵시적 원칙 따위는 전혀 아랑곳하지 않았다. 정말이지 동족애라고는 모르는, 매정하기 짝이 없는 악동이었다.

　'아라이'의 본명은 박 아무개였던 것 같은데, 그 모친은 고추나 마른 명태 등 조선의 건어물을 유모차에 싣고 돌아다니며 파셨다. 물건이 팔리건 안 팔리건 간에 우리 집에도 곧잘 드나드셨고, 조선어와 일본어가 짬뽕이 된 말로 내 어머니와 세상 돌아가는 얘기를 나누곤 하셨다. 어머니는 어머니대로 '아라이 엄마'니 '언니'니 부르면서 친근감을 나타내셨다.

어느 해던가 3학기가 시작될 무렵, 막내형과 나는 색깔과 모양이 똑같은 새 점퍼를 입고 학교에 갔다. 그 전 해에는 아버지 사업이 술술 잘 풀려나갔던 모양인지, 우리 형제들은 설빔으로 모두 똑같은 점퍼를 선물받았던 것이다. 수업을 마치고 정글짐에서 놀고 있는데, 모래터 부근에서 아라이와 그 수하들이 막내형을 빙 둘러싸고는 손가락으로 연신 쿡쿡 찌르며 들볶는 광경이 눈에 들어왔다. "새 점퍼 한 벌 입었다고 우쭐거리기는. 부잣집 도련님이라고 '쫙 빼입고' 다니지 좀 말란 말이야"라고 말하는 것이다.

'그렇지 않아, 우리 집은 정말 부자가 아니란 말이야. 게다가 너희 엄마하고 우리 엄마는 친구 사이잖아!' 하는 말을, 나는 마음속으로만 외치고 있을 뿐이었고, 아라이의 위협적 언사에도 막내형은 돌부처처럼 입을 꼭 다물고 있었다. '가만히 있어선 안 되는데' 하면서 내 마음은 조급해졌지만, 선생님께 고자질하는 짓은 너무 비겁한 행동이라는 생각도 들었다. 그렇다면 아라이의 반격을 각오하고 그 자리로 뛰어 들어가야만 할 것인가? 그렇게 하는 것이 남자다운 일이 아닌가 하며 마음 한구석에서 스스로를 질타하는 목소리가 들려왔건만, 몸은 옴짝달싹도 하지 않았다. 무엇보다도 나는 아라이보다 두 학년이나 아래였고, 완력으로는 도저히 아라이를 대적할 자신이 없었다.

무슨 수가 없으려나 싶어 주위를 살피고 있는데, 천우신조였던지 어느덧 중학생이 된 작은형이 친구 장재국과 함께 학교 앞을 지나고 있었다. 장재국은 덩치는 작았어도 싸움을 아주 잘하는 인물로 통했다. 나는 정신없이 달려가 다급한 현재의 상황을 형에게 알렸다.

작은형과 장재국이 모래터로 찾아오자 형세는 단번에 역전되었다. 아라이의 수하들은 벌써 꽁무니를 감추고 재빨리 줄달음을 놓았다.

"너희들, 어쩐 일이야?" 하는 작은형의 물음에 아라이는 "아무 일도……" 하며 입을 우물거렸다. 막내형은 또 막내형대로 입이 찢어지는 한이 있을지언정 "형 좀 도와줘" 하는 부탁을 입 밖에 내려고 하지 않았다.

일이 이렇게 돌아가는 사이, 작은형이 갑자기 "그럼, 너희 둘 일대일로 한번 붙어봐" 하고 말을 꺼냈다. 장재국은 작은형 옆에서 히죽히죽 능글맞은 표정을 지으며 아라이와 막내형을 지켜보고 있었다.

나는 내심 섬뜩한 느낌에 가슴이 조마조마했다. '말도 안 돼. 일대일이라니, 만일 막내형이 아라이한테 지기라도 한다면 어쩌려고…….'

마침내 막내형과 아라이는 서로의 얼굴을 정면으로 응시했다. 그리고 다음 순간 막내형이 날린 첫번째 오른손 스트레이트가 아라이의 왼쪽 눈에 정확하게 명중했다. 아라이는 왼쪽 눈을 누른 채, 어처구니없게도 그만 울음보를 터뜨리고 말았다.

"거봐, 저거 보라구. 역시 저 녀석 힘 하나는 알아줘야 한다니까" 하면서 작은형은 마치 자신이 세운 훈공인 양 의기양양했지만, 정작 당사자인 막내형은 입에 소태라도 문 듯 곤혹스런 표정으로 잠자코 있었다.

　그 일이 있고 난 뒤 나는 아라이 아주머니가 우리 집에 안 오실까봐 걱정했는데 그런 우려와는 달리 아주머니는 여전히 잘 들르셨고, 아라이와 형이 싸운 일 따위는 단 한 마디도 입에 올리지 않으셨다. 하지만 어쩌면 그것은 아주머니 입장에서 보면, 아라이의 뒤를 일일이 거두어줄 만한 여유가 없었던 탓인지도 모른다.

　아무리 힘들고 어려운 일들을 많이 겪었다지만, 그런저런 사정을 감안하더라도 아라이 아주머니는 아주 늙어 보이셨다. 어쩌면 아주머니는 아라이의 어머니가 아니라 할머니였는지도 모른다. 도대체 아라이의 아버지는 어디서 무슨 일을 하고 계셨던 것일까? 어린 아라이는 아주머니의 얼마 안 되는 벌이에 의지해 살 수밖에 없었던 것이다.

　아라이는 아주머니를 통해 우리 집의 사정을 가끔씩 귀동냥하고 있었을 것이다. 오르락내리락하는 아버지 사업, 그 계속된 부침으로 가정이 이리저리 휘둘렸다고는 해도 우리 집엔 양친이 어엿이 살아 계셨고 경기가 좋을 때면 우리 형제들은 똑같은 색깔, 똑같은 모양의 점퍼를 입을 수도 있었다. 아라이에겐 있을 수 없는 일이었다. 아이들 모두가 싸움 잘하는 아라이를 무서워하고 있었지만, 막내형과의 일대일 승부에서 패한 이제는 그마저도 위안이 될 수 없었으리라. 아마도 아라이의 나날들은 어린아이로서는 지옥처럼 괴로웠을 것이다.

조르게라는 인물이야말로,

정의감과 인정이 가득한 이 아이들이 어른으로 성장한 모습 같았다.

나는 동화 속 아이들을 마치 살아 있는 친구들처럼 여겼는데,

그들은 성장과 더불어 광적인 파시즘과 혹독한 전쟁을 겪어야 했던 것이다.

과연 그들 중 몇이나 올곧게 제 뜻을 지켜낼 수 있었을까?

그리고 몇이나 전장과 감옥에서 부조리하게 죽어간 것일까?

왜 다투지 않으면 안 되었던 것일까?

그렇다고 해서 달리 또 어떻게 할 수 있었을까?

소년 아라이의 불행에 생각이 이르자, '부조리'를 느꼈다고 하면 지나친 과장일 테지만 거의 그와 비슷한, 왠지 더이상 감당하기 힘든 감상에 빠졌다. 단한방에 상대를 녹아웃시켰음에도 불구하고 막내형이 우울해했던 것 역시, 아마도 그 같은 아라이의 현실을 이해했기 때문일 것이다.

모두들 "어린 시절은 참으로 좋았다. 가능한 일이라면 그 시절로 되돌아가고 싶다"고 한다. 나 역시 그 같은 마음이 없지 않다. 하지만 지난 시간들을 현미경으로 관찰하듯 하나하나 꼼꼼히 되짚어보면, 그리움이나 즐거움과 마찬가지로 어린아이 나름의 슬픔과 괴로움이 마음속 저편에서 되살아온다.

*

내가 처음으로 읽은 『하늘을 나는 교실』은 우에다 도시로가 번역해 고단샤에서 출간한 것이었다. 그러다 훗날 '조르게 사건'[2]에 관해 자료를 조사하던 중통역관 명단에서 '우에다 도시로'라는 이름을 발견하게 되었다. 나는 복잡하고착잡한 심경에 사로잡혔다. 우에다 도시로가 당국으로부터 그처럼 중차대한임무를 위촉받았다는 사실은 그의 어학 능력이 그만큼 빼어났다는 증거이기도 하리라. 도쿄구치소의 비좁고 어두침침한 취조실, 그곳에서 리하르트 조르게와 얼굴을 마주하고 있던 인물이 훗날 독일 소년들의 선의와 우정의 이야기를 번역해냈던 것이다. 스파이 혐의로 구금된 조르게와 대면하면서 통역관 우에다 도시로는 어떤 태도로 그를 대했을까?

이런 문제가 마음에 걸리는 것은, 내가 『하늘을 나는 교실』의 소년들과 조르게라는 인물을 결부시키고 있었기 때문이다. 조르게라는 인물상이야말로, 정의감과 인정이 가득하고 비판정신과 자립심이 풍부한 마르틴 타라나 요나단 트로츠 같은 아이들이 어른으로 성장한 모습인 듯 여겨졌다. 나는 이야기 속 아이들을 마치 실존하는 인물처럼 상상하고 있었는데, 저 소년들은 성장과 더불어 파시즘의 열광과 혹독한 전쟁을 경험해야만 했던 것이다.

과연 그들 중 몇이나, 소년 시절 모습과 다름없이 곧고 올바르게 제 뜻을 펴며 살아갈 수 있었을까? 그리고 몇 명이나 전장과 감옥 속에서 부조리하게 죽어갔던 것일까?

작가 에리히 케스트너는 1929년 『에밀과 탐정들』Emil und die Detektive로 큰 성공을 거두었고 그 뒤에도 꾸준히 작품들을 발표했지만, 1933년 나치스가 정권을 탈취한 후로는 수많은 압박을 받아야 했다.

케스트너는 이렇게 쓰고 있다.

1933년 국립가극장 인근 대광장에서는 나치스의 선전장관 괴벨스의 명령으로 내 책들이 불길에 던져졌다. 음산하고도 끔찍한, 허풍스럽고 야단스러운 연극 같은 사태였다. (……) 〔이때 분서 리스트에 오른〕 스물네 명의 작가들 중, 나는 이 연극 같은 후안무치함과 결단을 벌일 생각에 스스로 현장으로 걸어들어간 유일한 사람이었다. 모자 끈을 턱에 동여맨 돌격대 학생들 틈에 끼인 채로, 나는 대학 문 앞에 서서 활활 타오르는 벌건 불길 속으로 우리의 책들이 날아드는 광경을 목도하며 거짓말쟁이 괴벨스의 지리멸렬한 장광설을 들었다. (……) 돌연 누군가 "저기 케스트너가 서 있다!" 하며 찢어질 듯 높은 목청으로 소리쳤다.

— 다카하시 겐지高橋健二, 『케스트너의 생애』ケストナーの生涯

　　케스트너는 자기 책들이 화염에 휩싸이는 현장을 목격하기 위해 일부러 밖으로 나섰던 것이다. 그리고 장난하다 들킨 아이처럼 재빨리 인파 속에 몸을 숨겨 위기를 모면했다고 한다. 실제로 1933년 발표된 이 책은 나치스가 붕괴하기 전까지 케스트너가 독일 내에서 발표한 마지막 작품이었다.

　　그 후 나치스는 케스트너가 독일 내에서 작품을 발표하지 못하도록 금지하고 그의 저금을 차압했을 뿐 아니라, 두 차례나 그를 체포했고 끊임없이 그의 생명을 위협했다. 독일의 패배가 임박한 시기에는 처형 예정자 명단에도 올랐다고 한다.

이런 상황에도 불구하고 케스트너는 망명의 길을 선택하지 않고, 신변의 위협을 무릅쓴 채 끝까지 독일에 남았다. 훗날 그는 당시 심경을 이렇게 시로 읊었다.

나는 작센 드레스덴에서 태어난 독일인.
고향이 나를 놓아주지 않는구나.
나는 독일 땅에 돋아난 한 그루 나무.
어쩌지 않는다면, 독일에서 시들어 스러져버릴 나무와 같다네.
— 다카하시 겐지, 앞의 책

에리히 케스트너가 국외로 망명하지 않았던 것은 물론 나치스의 폭정이 장기간 계속되지 않으리라는 신념 때문이었을 테다. 하지만 노모老母 곁을 떠나고 싶지 않았던 이유도 있었다고 한다. 요즘 세상에 마마보이가 많다지만 케스트너처럼 용기 있고 훌륭한 오이디푸스콤플렉스를 찾아보기는 힘들다.

사실 『하늘을 나는 교실』에서 가장 내 마음을 사로잡았던 글은 「제2서문」이다. 이 서문에서 케스트너는 "시종일관 재미있는 이야기만 만들면서 아이들을 기만하고, 재미로 아이들 정신을 홀리려" 애쓰는 아동서 작가들에게 분개하며 이렇게 충고한다.

어째서 어른들은 자기가 어렸을 때의 일들을 그렇게도 새까맣게 잊어버릴 수 있는 것일까요? 그리고 아이들도 때로는 지극히 애처로운, 가엾고 불행한 존재라는 사실을 전혀 이해하지 못하는 어른으로 변해버리는 것일까요? (……) 아이들의 눈물은 결코 어른들의 눈물보다 가볍지 않으며, 오히려 그보다 무거울 수도 있다는 말은 새삼스럽지 않습니다.

　　어른의 눈물을 아는 자가 아이의 눈물을 안다. 아이의 눈물을 이해하는 자가 어른의 눈물까지 이해하는 것이다.

1. 원문은 장옥長屋. 하나의 용마루 아래 칸을 막아두고 여러 가구가
독립해 살 수 있도록 지은 연립식 주택을 말한다.
2. 리하르트 조르게Richard Sorge(1895~1944)는 소련 적군의 스파이로 활동한 독일인이다.
그는 열렬한 나치주의자로 위장한 뒤 독일 신문의 특파원 자격으로 일본에 건너왔다.
그 후 일본 기자 오자키 호츠미尾崎秀實의 협력을 얻어 독일이 소련을 침공할 것이며
일본이 동맹국인 독일과 함께 소련을 협공하기보다는 동남아를 공략하리라는 정보를
감쪽같이 빼냈다. 하지만 스탈린은 조르게를 독일의 이중첩자로 의심했다고 한다.
조르게는 끝내 일본 첩보당국에 붙잡혔고 1944년 사형당했다.
그의 활동은 국제 반전·평화 운동의 일환으로 평가받는다.

본디 한 뿌리에서 자라났건만

요시카와 에이지의 『삼국지』

1960년대

초엽, 우리 일가는 교토 시내 서민동네에 자리한 이층 집에 살고 있었다. 집 뒤꼍에는 창고가 있었는데, 본래 섬유 원료를 취급하시던 아버지께서는 그즈음 창고를 공장으로 개조하시고 플라스틱 사업에까지 손을 뻗치고 계셨다. 아버지 당신의 생애 가운데 그런대로 위세당당한 시기였지만, 어머니는 여전히 매일같이 머리칼을 흐트러뜨리시며 바지런히 일하시던 모습이 아직도 눈에 선하다.

초등학교 4학년이 끝날 무렵이었던가 아니면 5학년에 진급한 뒤부터였던가 나는 마침내 2층에서 생활하게 되었다. 세 형들 중에서 나보다 열 살이나 많은 큰형은 이미 도쿄에서 대학을 다니고 있었고, 그런 관계로 '작은형'이라 부르던 둘째형이 셋째인 막내형과 나를 포함해서 2층을 도맡아 관리하고 있었다. 아직 어린 막내 여동생은 양친과 아래층에서 기거하고 있었다. 거처를 2층으로 옮긴다는 이 변화는 부모님 곁을 벗어나 독립된 한 인간으로서 첫걸음을 내딛는 것을 의미하는, 일종의 통과의례였다.

작은형은 아주 어린 시절부터 책을 무척이나 좋아했다. 근처 책방에 들어가서는 한 시간이고 두 시간이고 꼿꼿이 선 자세로 끈질기게 책을 읽어댔기 때문에, 결국에는 책방 주인아저씨도 백기를 들고 작은형에게만큼은 항상 의자를 내주었다고 한다. 어머니께서는 이 에피소드를 유달리 좋아하셨다. 이 일화를 꺼내실 때면 진심으로 행복해하셨고 또 자랑스러워하셨다. 이에 비해 막내형은 독서를 그다지 좋아하지 않았던 듯싶은데, 지금 생각해보면 어머니가 지나칠 정도로 작은형만을 자랑스러워하신 데 대한 반발심 때문이었던 것 같기도 하다.

　2층에는 책들이 여기저기 널브러져 있었다. 태반은 작은형이 이 책 저 책 읽다가 마구 던져둔 것들이었다. 침상 위의 작은 벽장 안은 아이들 눈을 피해 두었으면 싶은 책들로 가득 차 있었다. 집에 아무도 없는 오후 두 시 무렵이면, 나는 의자를 밟고 올라가 길게 손을 뻗어 벽장 속을 더듬거렸다. 가슴 한구석에서는 뒷일이 걱정되어 꺼림칙하기도 했지만 그래도 벽장을 탐색하는 일은 무어라 형용할 수 없는 즐거움이요 기쁨이었다. 벽장 안에 있던 다니자키 준이치로谷崎潤一郎[1]의 소설집을 작은형이 읽고 있는 모습을 보고, 나도 재빨리 다니자키의 「열쇠」鍵니 『치인의 사랑』痴人の愛 등을 꺼내 몰래 훔쳐 읽었다. 책 내용은 거의 이해할 수 없었는데 작은형에게 '도둑 독서'를 들켜버려, "너한테는 아직 일러" 하는 핀잔을 들으며 책을 빼앗기기도 했다. 어떤 이유에선지는 모르겠지만 그런 작은형도 시바타 렌자부로의 『네무리 교시로』眠狂四郎 연작을 읽는 것에 대해서는 못 본 체해주었다. 이 책을 읽고서 나는 '쏙독새'라는 뜻의 '요타카'夜鷹라는 단어가 비단 새 이름으로만 쓰이지 않는다는 사실을 알게 되어 조금은 흥분하기도 했다.[2] 그 사실을 알기 바로 직전에 미야자와 겐지의 『쏙독새의 별』이라는 동화를 읽었기 때문이다.

*

　우리 세 형제들은 커다란 이불 한 채를 함께 덮고 잤다. 그 시절 특히 조선인 가정에서는 일반적인 풍경이었을 것이다. 여름이면 파란 모기장을 치고, 겨울이면 숯불 담긴 각로를 방 안에 들였다. 어른이 된 지금 돌이켜보면, 각로를 발로 쓰러뜨려서 불을 내거나 일산화탄소 중독에 걸리지 않은 것이 신기하다.

　작은형은 나를 지나칠 정도로 귀여워했다. 소중한 장난감인 양 대했다고도 하겠다. 나와 나를 무척 귀여워하는 작은형의 관계에 막내형이 복잡한 시선을 던지고 있다는 사실을 어렴풋하게나마 감지하면서 나 역시 막내형을 거북하고 어색하게 생각했다. 하지만 작은형은 이런 문제 따위는 전혀 관심 없다는 태도였다.

　이불 속으로 들어간 뒤 작은형은 내가 잠들 때까지 동서고금의 재미있고 우스꽝스러운 이야기를 들려주곤 했다. 형은 경탄할 만큼 박식한 데다가 또 뛰어난 재담가[3]이기도 했다. 『보물섬』Treasure Island, 『몽테크리스토 백작』Le Comte de Monte Cristo, 『철가면』Iron Mask 등은 말할 것도 없고, 일본의 통속소설인 『난소사토미핫켄텐』이나 『야마다 나가마사』山田長政[4]부터 『사쿠라 의민전』佐倉義民傳[5]에 이르기까지, 작은형의 이야기보따리는 아무리 길어올려도 마르지 않는 샘과 같았다.

　『십오 소년 표류기』의 이야기를 들려주었을 때는, 나도 모르게 주인공 소년

책과 나 자신을 동일시해버렸다. 슬라우기호를 묶어둔 밧줄을 장난삼아 푸는 바람에 고난의 원인을 제공하게 된 소년 잭은 가책을 느껴 오랫동안 괴로워한다. 마침내 형 브리앙에게 비밀을 털어놓았을 때, 브리앙은 동생의 허물을 보상하기 위하여 자신과 동생 둘 모두에게 더더욱 자기희생적인 임무를 부과하는 것이다. 어린 마음에 나는 '우리 형제도 저들 같았으면' 하고 간절히 소망했다.

왜 그랬을까?

어떤 의미에서, 그 시기의 나는 작은형의 품에서 자랐다는 느낌마저 든다. 지금 생각해보면 기이한 감정을 떨칠 수 없다.

*

작은형의 장기 중의 장기는 단연 『삼국지』였다. '천하삼분지계'天下三分之計라든가 '읍참마속' 泣斬馬謖 또는 '죽은 공명이 산 중달을 쫓는다'는 등의 말이 무슨 뜻인지를 정확하게 가르쳐주었을 땐 희열마저 느꼈다. 형은 '적벽부' 赤壁賦와 '추풍오장원' 秋風五丈原 같은 명장면을 이야기하다가 흥에 겨우면 머리맡에 갱지와 연필을 꺼내놓고는 촛불처럼 길게 늘어지는 콧물을 훌쩍훌쩍 들이켜면서 군세의 배치라든가 작전 상황을 능숙한 솜씨로 그림으로 풀어주었다.

병정놀이를 할 때면, 작은형은 대장보다 참모나 군사軍師 같은 직책을 맡고 싶어했다. 아마도 제갈공명을 머릿속에 그리고 있었기 때문이리라.

집에서 가까운 철도의 선로 뒤로 악취를 풍기는 너저분한 연못이 있었는데, 그 주변이 바로 우리 부대가 집합하던 장소였다. 우리 부대는 그곳에서 대열을 정비한 뒤, 기타노텐만구北野天滿宮까지 약 2킬로미터가량 행군을 했다. 그리고 그곳 수풀이나 물가에서 부대를 두 편으로 나누어 군사훈련을 펼쳤다. 연습이 끝난 후에는 언제나 참모의 훈련 강평을 듣곤 했는데, 작은형은 이 강평에서 '천시'天時, '지리'地利, '인화'人和 등의 단어를 곧잘 사용했다. 기특하게 정렬해 늘어선 열 명 남짓의 꼬맹이들을 앞에 둔 채 뒷짐을 지고 상반신을 뒤로 젖힌 그가 "흐흠, 에에…… 오늘의 훈련은 '군기' 면에서 볼 땐 그런대로 괜찮았지만 '사기' 면에서는 다소 불충분했다……" 운운하며 강평하던 모습을 나는 지금도 또렷하게 기억하고 있다. 작은형의 강평은 우리 꼬마 병졸들로서는 도무지 무슨 소린지 알아들을 수 없는 얘기였지만, 나만큼은 집으로 돌아온 후 '군기'란 군의 기강을 뜻하는 군기軍紀이며 '사기'란 자신감과 기개를 의미하는 사기士氣라는 사실을 형에게 직접 들을 수 있었다. 작은형이 중학교 1학년 때 있었던 일이다. 아직 초등학교 2학년짜리 코흘리개로, 운동능력마저 모자란 졸병이었던 나는 그런 작은형을 존경하고 자랑스럽게 생각하고 있었다.

"유비 현덕 같아." 작은형은 곧잘 아버지를 이렇게 평하곤 했다. 형의 이 평가는, 사업으로 성공하기에는 아버지가 지나치게 호인好人이고 우유부단하다는 의미였다. 나는 조운 자룡의 열광적인 추종자였는데, "너는 왕평王平쯤 될까? 기껏해야 마대馬岱 정도 되겠구나" 하는 작은형의 평을 듣고 크게 낙담하기도 했다. 마대나 왕평은 눈에 띄는 특별한 재능은 많지 않았어도, 끝까지 충실하게 주어진 임무를 완수하는 유형의 인물이었다.

한편 나와 세 살 터울의 막내형은 나보다 한발 앞서 사춘기에 돌입해 있었다. 그래서인지 병정놀이 같은 것에는 별반 관심을 보이지 않았다. 가급적이면 막내형은 혼자 있기를 원했다. 그는 자타가 공인하는 '삐딱이'였고, 그래서 아무런 이유나 말도 없이 비좁은 이불장에 며칠이고 틀어박혀 있기도 했다.

그런가 하면 애초부터 탁월한 운동능력의 소유자였던 막내형은, 이슥한 심야에 느닷없이 "연약한 너를 단련시켜야겠다"는 뜬금없는 말을 꺼내고서 오무로닌나지御室仁和寺[7]까지 왕복 4~5킬로미터는 족히 되는 장거리달리기를 강요하기도 했다. 나로서는 참으로 달갑지 않은 요구였지만, 막내형은 제 뜻대로 일이 풀리지 않는다 싶으면 곧바로 손이 올라가는 성격이었던지라 나는 반항할 엄두도 못 내고 내심 구시렁구시렁, 울며 겨자 먹기 식으로 꾸역꾸역 달릴 수밖에 없었다. 솔직히 말해 어릴 적 나는 그런 막내형을 은근히 무서워했고 경원시하고 있었다. 어쩌면 막내형은 작은형과 다른 방식으로 나에 대한 애정을 표현하려 했던 것 같기도 하다. 다른 관점에서 보면 형들의 이러한 행동은 동생을 각자 자신의 영향권 아래로 끌어다 놓으려는 형제간의 다툼이었다고도 말할 수 있겠다.

작은형은 셋째형을 조롱할 때 늘상 "네 머리에는 위연魏延처럼 '반골'叛骨·反骨이 돌출해 있잖아"라고 말하곤 했다. 그런데 막내형의 머리를 만져보면 확실히 후두부에 기묘한 뼈가 튀어나와 있었다. 위연이라는 인물은 용맹은 있었지만 지략이 모자랐고, 야심과 반항심이 많았던 무장이다. 종국에 가서는 반란을 도모하는데, 위연의 모반을 사전에 간파하고 있던 제갈공명이 죽기 전 비책을 세워놓는다. 그리고 공명이 세워놓은 그 계책으로 말미암아 위연은 자신의 편이라 믿고 있던 마대의 칼에 참수당하고 만다. 작은형은 자신을 제갈공명에 견주면서 한 동생을 반항자, 다른 동생을 충신이라는 배역에 끼워맞추고 있었던 것이다. 그리고 보면 작은형과 막내형이 이따금 격하게 언쟁을 벌이게 된 것도 이즈음부터였다. 그 후 막내형은 위연처럼 되지는 않았지만, 실제로 반항아로 살아가게 되었다.

*

초등학교를 졸업하던 해, 학예회던가 학급 발표회에서 『삼국지』 '도원결의'의 일막을 무대에 올린 일이 있다. 물론 나의 제안이었다. 이 역시 작은형의 영향이 컸지만, 나 스스로도 시바타 렌자부로가 저술한 가세이샤의 어린이용

『삼국지』를 열심히 읽고 있었던 것이다. 커다란 합판을 잘라 은박지를 입혀 청룡도를 만들고, 바쁜 어머니에게 무리하게 떼를 써서 낡은 털실로 관우의 길고 멋진 수염을 준비하기도 했다. 관우 역은 익살맞은 큰 눈망울의 하츠다 군에게 돌아갔다. 나는 장비 역을 맡은 친구와는 퍽 가까운 사이였는데, 난처하다는 듯한 인상의 눈매와 함께 얼굴 생김새만 떠오를 뿐 아무리 애를 써도 이름은 생각나지 않는다. 하츠다 군이 관우의 역할을 잘 소화하긴 했지만, 이 극은 다른 아이들에게는 그리 큰 인기를 끌지 못했던 듯싶다.

작은형이 애독하던 요시카와 에이지吉川英治[8]의 『삼국지』를 내가 직접 읽게 된 것은 중학교에 입학하고 난 뒤였다. 중학교 시절에는 아쿠타가와 류노스케芥川龍之介[9]나 다자이 오사무太宰治[10] 같은 작가의 작품이 유행하고 있었고, 나는 그 시절부터 하기와라 사쿠타로萩原朔太郎[11] 등의 작품을 읽고 시인 흉내를 내면서 직접 시를 짓기도 했다. 그러나 작은형은 그런 모습을 '소녀 취향'이라며 비웃고, 나아가 나를 '시인'이라 부르며 놀렸다. 요컨대 명색이 남자라면 『삼국지』 같은 책을 읽으라는 얘기였다.

지금 생각해보면 실로 열악하기 짝이 없는 노동환경이라 하겠는데, 우리 집 뒤꼍에 있던 공장은 천장에 베니어 합판으로 반자를 대어 방을 마련해두고 그 방을 종업원들의 숙소로 사용하고 있었다. 더욱이 우리 형제들은 방 한 귀퉁이를 판자로 빙 둘러 막아놓고는, '공부방'이라 부르며 누구도 간섭할 수 없는 공간을 확보해두고 있었다. 중학교 1학년 초여름경 학교를 마치고 돌아오면 나는 곧장 후텁지근한 그 '공부방'에 틀어박혀 요시카와 에이지의 『삼국지』 삼매경에 푹 빠져들었다. 지금도 잊히지 않는 기억이다. '침식을 잊는다'는 말이 무엇을 뜻하는지 그제야 비로소 체험했다는 느낌이다. 그때부터 시작해서 오늘까지 도대체 『삼국지』를 몇 번이나 반복해서 읽었는지 모르겠다. 그리고 세월이 흐르고 나이를 먹어감에 따라 새로운 발견을 하기도 한다.

가령 유비 현덕의 군세에 위협을 느끼며 국가 존망의 위기에 내몰린 촉나라의 유장劉璋은 한중漢中의 장로에게 원조를 요청하게 되는데, 이 대목을 요시카와 에이지는 "위험한 사상에 기반한 침략주의 국가에 읍소하니……" 운운하는 표현으로 묘사했다. 그런데 이 표현이 어딘지 모르게 요시카와 『삼국지』 전체를 관류하는, 저 물 흐르는 듯한 높은 격조와 따로 놀고 있다고 느낀 것은 내가 대학생이 되고 난 뒤였다.

이는 물론 한중이 '오두미교'五斗米教[12]라는 사교邪教를 신봉하는 나라였고 또 장로가 그 교주라는 사실을 말하는 것이리라. 하지만 일본이 중일전쟁에서 태평양전쟁에 이르는, 헤어날 수 없는 수렁으로 빠져들고 있었다는 집필 당시의 시대적 맥락을 고려할 때, 이는 '소비에트 동맹'을 염두에 둔 말로 볼 수도 있을 것이다. 이런 식으로 문제를 논하기 시작하면 당시의 시대적 배경과 요시카와 에이지의 『삼국지』 전체가 서로 맞물려 들어갈 것은 당연한 일일 테다. 하지만

원숭이도 나무에서 떨어질 수 있듯 요시카와 에이지 같은 대가도 이 부분에서
만큼은 '멋대가리 없고 조심스럽지 못한 형용形容을 저지르고 말았구나' 하는
생각이 들어 실망스러웠다.

'삼금삼방'三擒三放이라는 어구는 남만으로 원정을 나선 제갈공명이 미개한
'만족'을 교화시킬 목적으로 만족의 대장 맹획孟獲을 세 번 생포해서는 세 번 모
두 풀어주었다는 이야기인데, 어린 시절 내가 폭 빠져 있던 대목이다. 하지만
이 역시 앞서 이야기한 시대적 배경을 고려한다면, 특히 조선인인 나로서는 한
번쯤 나 자신을 '맹획'의 입장에 놓고 읽어야 했다고도 느꼈다. 그리고 그런 발
견과 반추가 다시금 더없이 재미있었다.

이 요시카와 에이지의 『삼국지』는 1939년 8월 26일부터 1943년 9월 5일까
지 『추가이쇼교신포』中外商業新報 등의 신문에 연재되었다. 실로 전쟁과 더불어
쓰이고 읽혔다고도 말할 수 있으리라.

중국을 중심으로 하면서 조선과 베트남을 포함한 한자 문화권에 공통된, 보
편적인 정서적 기반이 『삼국지』에는 존재한다. 예컨대 명분론이라는 가치관이
지배층뿐만 아니라 동아시아 서민층에까지 침투해 그들의 혈맥을 타고 도는
데는, 이렇듯 위대한 통속소설이 담당한 역할이 컸다. 나는 『삼국지』를 읽을 때
마다 좋든 싫든 나에게도 그런 '피'가 흐르고 있다는 사실을 깨닫는다.

그런 보편적 정서의 기반 위에서 각 민족과 지역 혹은 각 시대에 따라 독자

당시는 **검열**이 심했던 터라 도대체 어떤 책을 넣어야 허가가 날지 감을 잡을 수가 없었다. 나에게는 이 책이 심심풀이나 기분 전환용으로 딱 좋았을 테지만, 두 형에게 옥중에서 읽은 『삼국지』에 대한 감상은 들은 **기억이 없다.** 특히나 **막내형**은 눈치 없고 사려가 부족한 나의 이 차입물에 혹 기분이 상했을지도 모르겠다.

적 해석과 의미부여가 이루어지고 있는 것이다. 그렇게 되면 조선과 베트남에서 『삼국지』가 각 시대마다 어떤 양상으로 읽혀왔는지를 조사하지 않으면 안 될 테지만, 지금의 나로선 그럴 짬이 없다.

얄궂다는 생각이 들기도 한다. 내 경우는 요시카와 에이지의 『삼국지』를 통해 그 '피'가 주입되었으므로 내 혈맥 속에 '대동아공영권'大東亞共榮圈[13]적인 그 무엇이 조금은 섞여 있을지 모르니 말이다.

*

『삼국지』에서 피 튀기는 혈전과 비정냉혈한 권모술수의 묘사가 재미나다는 것은 두말할 나위도 없다. 하지만 나는 『삼국지』를 처음 접할 때부터 「칠보시」七步詩가 등장하는 대목에 기묘한 애착을 느꼈다.

조조가 세상을 떠나고 그 자리를 계승한 장남 조비曹조는, 측근들의 입에 발린 소리에 놀아나 조조의 삼남 조식曹植이 두 마음을 품고 있다고 의심하고, 마침내 그를 제거하려 든다. 세간에는 조식을 가리켜 "입을 열면 아름다운 문장이 나오고 침과 기침은 주옥같은 시로 바뀐다"開口成章, 唾咳成珠며 칭송이 자자했고, 형제들 가운데 재능이 가장 뛰어나니 지존의 자리에 오를 그릇이라는 풍문이 떠돌았다. 그러니 당장에 뭔가 생트집이라도 잡아서 없애버리는 것이 좋겠다는 것이 조비의 생각이었다. 조비는 즉시 동생 조식을 불러내 여러 사람들이 보는 가운데 "일곱 걸음을 걷는 동안 시 한 수를 지으라"는 터무니없는 명령을 내린다. 이때 조식이 즉흥적으로 읊은 노래가 바로 「칠보시」이다.

콩을 삶으려 콩깍지 태우니,	煮豆燃豆萁
가마솥 안 콩은 소리 없이 눈물 흘리네.	豆在釜中泣
본디 한 뿌리에서 자라났건만,	本是同根生
무슨 이유로 이리도 다급하게 서로 볶아대는고.	相煎何太急

'똑같이 한 부모에게서 태어나 자란 형제인데도 불구하고, 왜 그렇게 가혹하게 나를 들볶아대느냐'는 뜻이다. 일이 이쯤 되고 나니 "과연 조비도 마침내 눈물을 흘렸고 군신들도 모두 소리 없이 울었다"라는 내용인데, 두 형제를 콩과 콩깍지에 비유한 착상을 별문제로 삼는다면, 아무리 읽어보아도 '칠보시'가 그렇게 뛰어난 시라는 생각은 들지 않는다. 다시 말해 '침과 기침이 주옥같은 시로 바뀐다'라며 칭송할 만한 작품은 아닌 것이다.

다만 노골적이고 단작스럽게 왕위 계승을 다투는 장면에다 동생의 시적 재능에 대한 형의 질투심을 읽어놓은, 얼핏 어울리지 않는 설정 자체가 중학생인 내 눈에는 이상하게도 흥미롭게 느껴졌고, 그래서 머릿속에 더 또렷이 아로새겨졌던 것이다. 이 시는 내가 태어나서 처음으로 암기한 한시이기도 하다. 사실 이 설정을 두고 '어울리지 않는다'고 평할 수만은 없다. 전통적으로 중국에서는 시문의 재능이야말로 왕위에 오를 인물에게 없어서는 안 될 자질 중 하나였으니 말이다. 하지만 그런 사실을 이해하게 된 것은 내가 조금 더 자란 뒤의 일이다.

*

중학생 때 읽던 롯코六興 출판사의 『삼국지』는 어느 사이엔가 잃어버렸고, 지금 내 곁에 놓인 것은 고단샤의 '요시카와에이지전집'이다. 1966년에 초판이 나왔는데, 내 책은 1971년에 발간된 제17쇄이다.

그 전집에 속한 『삼국지』 3권 첫머리에는 요시카와 에이지가 한커우漢口에서 종군작가 생활을 마치고 귀국했을 당시 기쿠치 간菊池寛,[14] 고지마 마사지로小島政二郎,[15] 요시야 노부코吉屋信子[16] 등과 더불어 찍은 사진과 함께 요시카와가 직접 붓으로 쓴 〈조식 칠보시〉가 수록돼 있다.

당시 몇 차례던가 요시카와 에이지 붐이 일었던 기억이 난다. 내가 이 전집을 산 것은 물론 그 때문은 아니었고, 그해부터 한국의 형무소에서 옥중생활을 하게 된 작은형과 막내형에게 차입하기 위해서였다. 그리고 몇 년 뒤 차입했던 그 전집이 다시 내 곁으로 돌아왔다.

겉표지를 들춰보니, 붉은 도장을 세 번이나 찍은 교도소 당국의 영치 허가증이 고스란히 붙어 있다. 당시는 책을 차입하는 데 검열이 심했던 터라 도대체 어떤 책을 넣어야 허가가 떨어질지 감을 잡을 수가 없었다. 만일 나였더라면 이 책이 심심풀이나 기분 전환용으로는 적당하다 생각했겠지만, 두 형한테 옥중에서 읽은 『삼국지』에 대한 감상은 들은 기억이 없다.

특히 막내형은 눈치 없고 사려가 부족한 나의 이 차입물에 혹 기분이 상했을지도 모르겠다.

누구나 그렇겠지만 나 역시 살아오면서 형제들 문제, 집안 문제로 울고 싶은 적이 몇 번 있었다. 하지만 그럴 때마다, "본디 한 뿌리에서 자라났건만……" 하는 조식의 「칠보시」가 마음속에 떠오른다. 그리고 그런 상황에서도 읽은 책의 구절을 떠올리는 자신이 늘 조금은 우스워지곤 한다.

누구나 그렇겠지만 나 역시 살아오면서 형제들 문제, 집안 문제로
울고 싶은 적이 몇 번 있었다. 하지만 그럴 때마다, "본디 한 뿌리에서 자라났건만" 하는
조식의 「칠보시」가 마음속에 떠오른다. 그리고 그런 상황에서도
읽은 책의 구절을 떠올리는 자신이 늘 조금은 우스워지곤 한다.

1. 소설가. 1910년 격찬을 받은 단편소설 「자청」刺靑으로 화려하게 등단했다. 그의 작품에는 여성의 관능미를 숭배하는 태도가 일관되게 흐르는데, 이 같은 감성미의 탐구는 '악마주의'로 불렸다. 1924년 성도착을 통해 여성미와 권력을 예찬하여 엄청난 사회적 반향을 불러일으킨 『치인의 사랑』을 발표했다. 작품에 『만지』卍 ,『문장독본』文章讀本,『세설』細雪,「열쇠」鍵 등이 있다.

2. 에도 시대 밤거리에서 손님을 유혹하던 '매춘부'를 가리키는 말이기도 하다.

3. 원문은 '가타리베' 語り部. 사서가 없던 상고시대에 부족의 오랜 전승들을 암송하여 전하는 일을 업으로 삼던 씨족과 그 씨족의 일원을 뜻하는 말이다.

4. 야마다 나가마사는 에도 시대 무역장려책으로 해외진출을 활발히 하던 상인들의 자극을 받아 지금의 타이로 건너간 인물이다. 그는 여러 전투에서 공로를 인정받아 그곳에 건설된 일본인 도시 니혼마치日本町의 두령에 오른다. 타이 국왕의 두터운 심임을 배경으로 최고의 관위에 오르기도 하는데, 국왕 사후 왕위계승전에 휘말려 독살되었다고 전한다. 과장과 윤색이 더해진 이 영웅전설은 제2차세계대전 중 다양하게 각색되어 제국주의 일본의 남진정책을 두둔하는 데 악용되기도 했다.

5. 에도 전기에 실존했던 일본의 대표적인 의민의 이야기이다. 영주의 학정을 견디다 못한 사쿠라는 농민들을 위해 쇼군에 직소하게 되는데, 결국 처형당하고 일가족 역시 모두 살해되었다. 그 뒤 영주의 자손이 사쿠라를 융숭하게 제사하고 '의민'으로 공식 인정했다. 이 이야기는 가부키로 상연되면서 널리 알려졌다.

6. '학문의 신' 스가와라 미치자네菅原道眞를 받드는 신사에 딸린 사당.

7. 888년 교토에 준공되었으며 벚꽃의 명소로 유명하다.

8. 1892~1962. 소설가. 교육도 받지 못하고 파란만장한 삶을 이어왔으나, 장편 80여 편과 180여 편에 이르는 단편을 발표했다. 오늘날까지도 국민작가로 사랑받고 있다. 그의 유지를 받들어 1967년 문학상과 문화상이, 1980년 신인문학상이 제정되었다.

9. 1892~1927. 『라쇼몬』羅生門으로 알려진 다이쇼 시대 소설가. 동서고금의 고전을
모던풍으로 번안하기도 했다. 1916년 「코」鼻로 문단에 데뷔했다.

10. 1909~1948. '무뢰파'無賴派 작가로 불린다. 스물일곱 살 때 공산주의 운동에서
이탈하며 유서로 쓴 『만년』晩年은 첫번째 창작집이며, 이후 인간의 위선을 고발하는
작품을 계속 발표한다. 1947년 발표한 『사양』斜陽이 젊은이들의 열렬한 환영을 받으며
'사양족'이라는 말을 유행시키기도 하는데, 자살기도와 여성 편력, 또 약물중독 등
드라마 같은 인생을 살았고, 특히 다마카와조스이玉川上水에서 애인
야마자키 도미에山崎富榮와 함께 투신한 일화는 너무도 유명하다.
대표작에 『인간실격』人間失格, 『달려라 메로스』走れメロス 등이 있다.

11. 1886~1942. 오늘날 다카무라 고타로高村光太郎와 더불어 '구어체 자유시의
선구자'로 꼽힌다. 시집으로 『달을 향해 짖다』月に吠える와 환상적 시풍이 강한
『청묘』青猫 등이 있다. 사쿠타로의 시는 이 책 7장에 소개되어 있다.

12. 후한 말 촉蜀에서 발생한 도교 교단인 천사도天師道의 다른 이름.
쌀 다섯 말을 바치면 신자가 될 수 있었던 데서 '오두미교'라는 이름이 생겼다.
그 저변에는 민중도교의 사상이 흘러 민중봉기의 사상적 원천이 되기도 했다.

13. 아시아 여러 민족이 서양의 지배에서 벗어나려면 일본을 중심으로
대동아공영권을 형성해야 한다는 주장으로, 1940년 일본 외상
마츠오카 요스케松岡洋右가 담화를 통해 처음 주창했다.
그러나 실질적 목적은 피점령국들의 자원과 노동력을 수탈하는 데 있었다.

14. 소설가. 희곡을 발표하기도 했지만 『무명작가의 일기』無名作家の日記 등
일련의 작품을 내면서 소설가로서 지위를 확고히 다진다. 1920년대 초
분게이슌주샤文藝春秋社를 설립하는 한편, 1935년 아쿠타가와상과 나오키상을
제정하여 젊은 작가의 발굴과 육성에 힘썼다.

15. 소설가. 자신의 육친을 그린 『집』家을 발표하여 작가로서의 지위를 쌓고 대중소설로

인기를 넓혀갔다. 그 후 기쿠치 간, 아쿠타가와 류노스케 등과 교유하면서 문학에 눈을 떠가는 과정을 묘사한 『눈 속의 사람』眼中の人으로 다이쇼 문단사를 장식했다.

16. 소녀문학으로 인기를 얻은 여류작가. 작품에 『꽃 이야기』花物語, 『도깨비불』鬼火, 『도쿠가와의 부인들』德川の夫人たち 등이 있다.

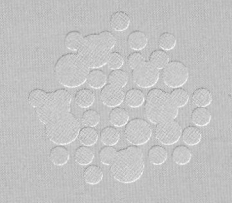

얄미운 녀석

다자이 오사무의 「추억」

『삼국지』에 열중하고 있던 시절은 내가 처음으로 다자이 오사무의 작품을 읽은 때이기도 했다. "뭐 이런 얄미운 녀석이 다 있어." 이것이 그의 작품에 대한 내 첫인상이었다.

중학교로 진학할 즈음 나는 내가 살고 있던 지역의 공립 학교가 아니라, 가쿠게이대학學藝大學(사범대학)의 부속 중학교에 지원하고 입학시험을 치렀다. 자식들에게만큼은 '더 나은 교육'을 받도록 해야겠다는 양친의 열의와, '민족의 장래에 이바지할 인물이 되기 위해서는 일찍부터 필요한 소양을 갖추어야 한다'는, 지금 생각하면 지극히 단순하지만 당시로서는 나름대로 대단히 진지했던 작은형의 결론이었다.

대사를 치르기 위해서는 사사로운 정 따위는 잊어버리고 목적을 향해 매진해야 한다는 작은형의 설득에, '대사'라는 게 무엇인지 이해하지 못한 상태에서 내 마음이 움직인 것은 사실이다. 그러면서도 나는 높은 대학 진학률을 자랑하던 모某 사립 학교에 진학하는 것만큼은 한사코 저항했다. 가장 큰 이유는 그 학교가 남녀공학이 아니라는 것이었는데, 작은형에게 그런 속사정을 솔직히 얘기했는지는 기억나지 않는다.

이렇게 해서 나는 온 가족의 촉망을 한몸에 받으며, 이른바 '명문교' 입학시험을 치르게 되었다. 시험에는 간신히 보결로 합격했는데, 수험 결과가 발표되던 날 합격 소식에 기뻐하며 들떠 있던 우리 집 분위기는, 흡사 몰락해가는 조선시대 양반 가문에 똘똘한 효자가 나 과거에 장원급제라도 한 것처럼 떠들썩했다.

내가 자란 지역에서는 나이 먹은 악동들이 체육관 뒤편이나 인적이 끊긴 길에서 어린아이들을 위협해서는 용돈을 갈취하는 일이 비일비재했다. 그래서 마을에 축제가 열리거나 잿날이 돌아와 구경을 나갈 때면, 혹시라도 그 악동들과 마주치지 않도록 경계하면서 소중한 용돈은 양말 속에 감춰두곤 했다.

내가 '악동'이라고 표현하고 있긴 하지만, 이들은 바라보면 미소가 흘러나오는 그런 귀여운 악동들이 아니었다. 오히려 어엿한 예비 무뢰배였다. 이 '악동'들을 만날 때마다, 내 완력으로는 도무지 그들을 상대할 자신이 없으면서도 그렇다고 그들이 요구하는 대로 고분고분 따르기도 정말이지 싫었다. 나의 이 '싫다'는 말 속에는, 이 악동들에게 돈을 뜯기고 울적한 얼굴로 집에 돌아오면 "너는 패기가 없다"느니 어떻다느니 하며 비웃는 형들을 대하기가 싫었다는 뜻도 이중으로 들어 있다. 이렇듯 예비 무뢰배들과 형들 사이에 샌드위치처럼 끼어버린 나는, 달랠 길 없이 안타까운 심정으로 악동들의 지분거리는 손가락질을 받으면서도 옹고집을 부리며 입을 꼭 다물고 있을 수밖에 없었다.

우리 집 옆 골목에 '미요쨩'이라 부르던 초등학교 동급생이 살고 있었다. 이 친구 집에 가면 앞쪽 다다미 세 칸에 가구처럼 놓인 크고 오래된 구식 라디오가 있고, 그 위 벽에는 천황과 황후의 빛바랜 사진이 걸려 있었다. 안쪽 방에는 마냥 누워만 있는 할머니가 계셨는데, 이 할머니는 목소리만 들릴 뿐 모습을 드러내신 기억은 없다.

이름은 잊어버렸지만 당시 미요짱의 언니는 중학교를 졸업했을까 말까 한 나이였는데, 몸집이 크고 걸음걸이가 재발랐다. 나는 미요짱은 좋아할 수 없었지만 그 언니는 동경했다.

어느 날 이슥한 밤중에 미요짱네 집 부근 골목에서 남녀가 서로 속닥거리는 목소리가 들려왔다. 거기에는 남자가 여자를 때리는 불쾌한 소리도 섞여 있었다. '두 사람은 대체 어떤 사이일까?' 흐트러진 옷차림의 젊은이는 미요짱의 언니를 억지로 데려가기 위해 집까지 찾아온 것 같았다. 누군가에게 그 까닭을 물어보는 것마저도 본능적으로 꺼려져, 나는 그저 숨을 죽이고 있을 뿐이었다. 미요짱의 언니가 갑자기 짙은 화장을 하고, 자기 집 근처에 얼씬하지 않은 것도 그 무렵부터였다.

그러니까 내가 중학교에 합격했을 때는, 아침 일찍 일어나야만 하는 고통보다도, 또 함께 초등학교를 오가던 친구들과 헤어져야 하는 쓸쓸함보다도, 끊임없는 긴장을 강요하던 학교 내 작은 폭력과 또 도움받을 길 없는 골목길 뒤편을 무대로 벌어지던 그 숱한 인간 극장에서 탈출할 수 있다는 해방감이 훨씬 더 컸다.

그때까지 일본식 이름을 사용하고 있던 나는, 중학교 입학을 계기로 성姓만큼은 본명을 쓰기로 마음먹었다. 당시는 바야흐로 한국에서 '4·19혁명'이 일어났고 또 일본에서 '북조선귀국운동'[1]이 한껏 고조되던 시기로, 우리 집뿐 아니라 재일조선인들의 민족의식이 전반적으로 높아가던 때였다. 본명을 당당히 밝히는 것은 나름대로는 고심 끝에 과감하게 내린 결단이었지만, '서'라는 성은 김씨나 이씨처럼 어디서나 쉽게 접할 수는 없다는 점이 그럴듯하게 여겨졌고, '조'라는 일본식 발음의 울림 역시 싫지가 않았다. 그보다, 아니 다른 무엇보다도 나를 알고 있는 사람이 전혀 없는 새로운 환경에서 새로운 인간으로 출발한다는, 어딘지 모르게 가슴이 후련해지는 듯한 느낌이 가장 좋았다.

중학교에 제출할 서류를 작성하면서 양친의 학력을 기입할 때, "그런 거, 대충 적당히 적으려무나" 하시며 어머니는 자못 곤혹스러운 표정을 보이셨는데, 그 일로 말미암아 어렴풋이 짐작하고 있던 대로 어머니께서 초등학교도 다니지 않았다는 사실을 확실히 깨달았다. 결연하게 공란에 '없음'이라 써넣고 나니, 부끄러움보다는 오히려 어머니를 위로해드려야겠다는 마음이 끓어올랐고 어느덧 나 자신이 당당한 어른으로 성장한 듯한 기분이 들었다.

어머니를 모시고 함께 나선 입학 전 면접에서, 전교생 중에서 재일조선인 학생은 나 하나뿐이라는 사실을 통보받았다. 그러나 이 통보 역시 나에겐 도리어 자랑스러웠고 일종의 격려처럼 느껴졌다. 개발도상국의 국비 유학생이라면 좀 우스꽝스럽게 들릴지 모르겠지만, 거의 그에 가까운 심경이었다.

중학교는 '시전'市電으로 불리던 노면전차를 타고 통학했다.

내가 승차하는 정거장 옆에는 직업안정소가 있었다. 정거장 맞은편에는 초등학교 시절 형들과 몰래 숨어 들어가곤 했던 월드극장이라는 영화관이 있었다. 입구 근처에서 기다리고 있다가 마침 적당한 연령대의 어른 관객들이 입장할 즈음이면, 마치 부모와 함께 온 자녀들인 양 시늉을 하며 졸졸 그 뒤를 따라 들어갔다. 그런 수법을 써서 미소라 히바리美空ひばり[2]가 공주로 분장한 도에이東映[3]의 시대극 따위를 자주 관람했다. 이런 일이 여러 번 거듭되면서 발각되어 밖으로 쫓겨난 적도 많았지만 그다지 크게 혼나지는 않았다.

그 거리에서 전차는 니시오지西大路 도로를 직진해서 북쪽으로 향하고 히라노진자平野神社[4]와 킨카쿠지金閣寺[5]를 지나 가톨릭 성당이 위치한 지점에서 직각으로 우회전한다. 그리고 다시 다이토쿠지大德寺[6]를 조금 더 지나면 학교에 도착한다. 정확히 들어맞는 것은 아니겠지만, 당시 내가 받은 인상으로 그 길은 서민층이 운집해 사는 아랫동네에서 중산층이 살고 있는 윗동네로 이어지는 길이었다.

어느 날 아침, 나는 일용직 일터로 향하는 친척 할머니와 우연히 같은 전차를 타게 되었다. 직업안정소에서 하루 일거리를 받아 어느 공원인가로 청소나

제초 작업을 하러 나선 길이었을 터였다. 당시 실업대책 사업의 일환으로 시행된 일일 공공근로 작업에는 조선인 여성들이 많이 참여하고 있었다. 할머니는 우리 어머니의 숙모쯤 되셨는데, 길을 잘못 들어선 장남이 형사범으로 교도소에 수감되어 고된 생활을 하고 계셨다.

이윽고 할머니는 같은 일터로 나서는 옆자리 할머니들과 조선말로 이야기를 주고받기 시작했고, 전차 안 승객들의 시선이 즉각 그쪽으로 집중되었다. 승객 중에는 나와 같은 학교에 다니는 학생들도 있었다.

'할머니가 나를 알아보고 말이라도 걸어오시면 어떻게 해야 하나⋯⋯.'

나는 슬금슬금 전차 뒤쪽으로 자리를 옮겼다. 할머니들이 차에서 내릴 때까지 쿵쿵 요동치는 심장 고동은 도무지 진정되지 않았다. 그런 자신을 한없이 부끄럽게 생각하면서도 당장 그 상황에서는 옴짝달싹도 할 수 없었다.

그즈음 시작한 영어수업에서 나는 "I am a Japanese"라는 문장을 배웠다. 우리 분단 맨 앞자리 학생부터 순서대로 선생님 입 모양을 흉내내면서 "아이 아무 아 쟈빠니—즈" 하며 큰 목소리로 반복했다.

차례가 점점 가까워올수록 긴장도 점점 고조되었다. 그리고 마침내 내 순서가 되었다. 나는 입을 꼭 다문 채 단 한 마디도 내뱉을 수가 없었다. 교실 안의 모든 시선을 온몸으로 감지했다. "너 왜 그래? 간단한 문장이잖아?" 선생님의 독촉을 서너 차례 받은 나는 마음을 가다듬고 입을 열었다.

"하지만 저는 일본인이 아니라……."

아직 나는 '조선인'이라는 말을 영어로 어떻게 말하는지 몰랐던 것이다. 선생님은 나에게 'Korean'이라는 단어를 가르쳐주는 대신, 수업시간에 쓸데없는 것일랑 생각하지도 말고 말하지도 말고 그저 시키는 대로나 하라며 불쾌해했다.

그리하여 나는 초등학교 시절의 일상적인 작은 폭력에 대한 긴장에서는 해방되었지만, 곧바로 또다른 종류의 긴장 속에서 처신을 고민하게 되었다. 내 출신과 문화를 홀로 등에 짊어진 채 나는 다른 모든 학생들과 정면으로 대치하고 있는 듯한 기분이었다. 그들은 콧물로 소맷부리를 반들반들하게 만들던 초등학교 시절의 친구들과는 전연 딴판이었다. 좋은 양복으로 몸을 감쌌고, 영리했고 또 조숙했다. 무엇보다 여자 아이들은 모두 발육상태가 좋은 데다가 좀스러운 구석이라곤 찾아볼 수 없었다. 나는 '이들 무리와 나는 다르다', '이들에게 결코 내 마음을 허락하지 않겠다'며 몸과 마음을 가다듬었다.

*

중학교에 들어가자마자 읽은 책 가운데, 아카네쇼보ぁかね書房에서 나온 『일본의 문학—중학교 2학년』日本の文學—中學二年生이라는 선집이 있었다. 판권에 적

나는 이 책 한 권을 통해서 **일본 현대문학**의 줄기를
개관해냈다는 느낌마저 들었다. 그만큼 요령 있게 편집된 책이다.
권두에는 아쿠타가와 류노스케가 그린, 자세히 들여다보면 기분 나쁜 **갓파** 그림이 있고,
그 아래엔 일본 전통 의상을 걸친 **다자이 오사무**가 다마카와조스이를 내려다보는 사진도 있다.

힌 '초판 1957년'이라는 기록으로 미루어, 형들 중 누군가 샀을 것으로 짐작한다. 아쿠타가와 류노스케의 「코」鼻가 책의 첫머리를 열고 모리 오가이森鷗外[7]의 「나룻배」高瀬舟가 마지막을 장식하고 있는데, 그 사이사이에 시가 나오야志賀直哉[8]의 「아카니시 가키타」赤西蠣太,[9] 요코미츠 리이치橫光利一[10]의 「여수」旅愁, 시마자키 도손島崎藤村[11]의 「자랄 준비」伸び支度, 호리 다츠오堀辰雄,[12]의 「바람은 일어」風立ちぬ, 또 하야시 후미코林芙美子[13]의 「울보 동승」泣虫小僧 등 어느 하나 쉬이 잊히지 않는 작품들을 수록하고 있다. 간단히 말해 나는 이 책 한 권을 통해서 일본 현대문학의 전체적인 줄기를 개관해냈다는 느낌마저 들었다. 그만큼 요령 있게 편집된 책이라는 뜻이기도 한데, 이 책의 책임편집자는 바로 가메이 가츠이치로였다.

권두에 실린 사진에는 아쿠타가와 류노스케가 그린, 자세히 들여다보면 무섭게 생긴 갓파河童[14] 그림이 있고, 그 아래엔 일본옷을 걸친 다자이 오사무가 다마카와조스이玉川上水[15]를 내려다보는 사진도 있다. 이 책에서 읽은 「추억」思い出은 내가 처음으로 읽은 다자이 오사무의 작품이었다.

「추억」의 원제는 「추억」思ひ出으로,[16] 다자이 오사무가 스물네 살 때 지은 작품이다. 유소년 시절부터 중학교 때까지의 기억을 소설로 엮은 작품인데, 『일본의 문학—중학교 2학년』에는 그중 제2장만 수록되었다. 「추억」의 첫머리는 이렇게 시작된다.

좋은 성적은 아니었지만, 그해 봄 나는 중학교 입학시험을 치르고 합격했다. (……) 내가 워낙 매사에 기쁜 일이 있으면 기분을 감추지 못하는 성격이기도 했지만, 입학 당시는 공중목욕탕에 갈 때도 교복 모자를 쓰고 하카마"를 걸쳤다. 그리고 그런 내 모습이 지나던 유리창에 비치기라도 하면 나는 미소를 지은 채 창에 비친 내 모습에 가볍게 고개 숙여 인사하곤 했다.

"뭐 이렇게 으스대며 뽐내기 좋아하는 녀석이 다 있을까?" 이것이 내가 받은 인상이었다.

입학식 날부터 나는 체조 선생한테 얻어맞았다. 시건방지다는 이유에서였다. 나를 때린 선생은 입학시험을 치를 당시 내 구두시험 담당관이었는데, "아버지가 돌아가셔서 공부도 제대로 할 수 없었을 테지" 하며 인정이 넘치는 따뜻한 말로 나를 대해주었고, 나 역시 그 앞에서 고개를 떨구었던 만큼 내가 받은 마음의 상처는 더더욱 컸다.

소小권력자의 동정을 사기 위해 "고개를 떨구는" 이런 인간이야말로 평소 우리 집에서 가장 경멸해 마지않던 인간상이었다.

좀더 읽어나가면 "같은 반 남학생과 은밀히 서로 좋아지냈고, 학교를 마치고 귀가하는 길을 나란히 걷고 있을 때 서로의 새끼손가락이 스치자 얼굴을 붉

했다"는 등의 내용까지 등장한다.

　'으윽, 기분이 이상해져.' 그렇게 생각했다. 하지만 동시에, 초등학교 시절 화장품 가게 아들인 친구에게 설명할 수 없는 감정 때문에 마음이 끌렸다가 무정하고 야속하게도 그 녀석이 내 심정을 몰라줘 심히 슬퍼했던 지난날이 떠오르기도 했다. 그러나 그런 추억을 떠올리게 되는 것도 유쾌하지 않았다.

　하지만 아래의 대목에 이르자 내 마음은 격렬하게 흔들렸다.

어느 봄날 아침, 등교하는 도중에 붉은색 페인트가 칠해진, 다리의 둥근 난간에 기대어 서서 나는 잠시 동안 멍하니 있었다. 다리 아래로는 스미다가와隅田川[18]를 닮은 널찍한 강물이 느릿느릿 유유히 흘러가고 있었다. 넋 나간 사람처럼 나는 완전히 무아지경에 빠져버렸다. 이때까지 나에게는 한번도 그런 경험이 없었던 것이다. 뒤에서 누군가 나를 보고 있는 듯한 느낌이 들 때면 나는 언제나 어떤 포즈를 취하곤 했다. 하찮고 세세한 동작 하나하나에까지 "그는 당혹해하며 손바닥을 바라보았다"거나 "그는 뒤통수를 긁으며 무어라 중얼거리고 있었다"는 등 스스로 일일이 설명을 붙이고 있었던 것이다.

　마음이 왜 그렇게 혼란스레 요동쳤던 것일까? 그 안에 바로 그 시절 내 모습이 그대로 들어 있었기 때문이다. "내가 이렇구나……." 뭐라고 말할 수 없이, 몹시 꺼림칙했다. 내가 다니던 중학교 근처에는 가모가와賀茂川가 흐르고 기타

마음이 왜 그렇게 혼란스레 요동쳤던 것일까?

그 안에 바로 그 시절 내 모습이 그대로 들어 있었기 때문이다.

내 관심과 초조함 역시 결국엔 늘 '훌륭한 인물이 될 수 있을까' 하는 한 가지 의문으로 수렴되었다.

또 항상 '평범한 사람이 아닐까' 하는 불안감에 시달렸다.

요컨대 이 얄미운 녀석은 다름 아닌 나 자신이었다.

오지바시北大路橋라는 커다란 다리가 놓여 있었다. 가끔 나는 집과 반대 방향인 그 다리를 향해 걸으며 흘러가는 강물을 물끄러미 들여다보거나 고개를 들어 히에이잔比叡山[19]을 쳐다보곤 했는데, 그런 순간에도 그렇게 행동하는 나 자신에 대한 의식이 머리를 떠나지 않았다. 강변으로 내려와 책을 펼쳐보는 경우도 있었지만, 책보다도 그렇게 행동하는 나 자신에 대한 관심 때문에 심장이 뛰었다. 초조한 마음으로 그런 내 모습을 누군가 눈치채주지 않을까 바라기도 했다.

다리 위에서 잠시나마 딴 데 풀어놓았던 마음이 가다듬어지면, 나는 곧 밀려드는 쓸쓸함에 가슴이 미어졌다. 그런 기분이 들 때에는 지나온 과거와 앞으로 다가올 장래를 생각했다. 터덜터덜 다리를 건너가면서 이런저런 일들을 떠올리며 또 몽상에 잠겼다. 그리고 마지막에는 항상 한숨을 쉬며 이렇게 생각했다. 훌륭한 인물이 될 수 있을까?

내 관심과 초조함 역시 결국엔 늘 '훌륭한 인물이 될 수 있을까' 하는 한 가지 의문으로 수렴되었다. 그 말이 무엇을 뜻하는지는 몰랐지만, 훌륭한 인물이 못 될 것 같다는 불안은 날이 갈수록 커져만 갔다. '혹시 나는 평범한 사람이 아닐까' 하는 의식에 항상 시달렸던 것이다.

요컨대 이 얄미운 녀석은 다름 아닌 나 자신이었다. 한번 그런 데 생각이 미치자 수많은 질문들이 꼬리를 물고 쏟아져 나왔다. 과연 나에게도 '명문교'에 합격했다며 으스대고 싶은 기분이 없었다고 말할 수 있을까? '대사'를 위해, 혹은 다른 무엇을 위한다며 이런저런 핑계를 늘어놓지만, 결국 '엘리트 사회'의 일원이 되었다는 사실을 기뻐한 것은 아닐까? 나아가 이를테면 저 영어시간의 사건만 하더라도, 무언가 거대한 존재에 저항할 계획이었지만 '주위 사람들의 주목을 받고 싶다', '동정을 받고 싶다'는 기분이 전혀 없었다고 단언할 수 있을까? 말하자면 나 역시 "고개를 떨구어"버린 것은 아닌가? 등교길 전차 안에서 만난 할머니에게 내 모습을 들킬까 전전긍긍한 것이 그 증거가 아닐까?

나는 마음속으로 고상한 중산층 속으로 잠입할 수 있었던 것을 기뻐하고 있지 않은가? 실제로 무슨 일이 벌어지면 나에게 둘도 없이 소중한 사람들을 나 몰라라 배신하지는 않을까? 아니, 나는 벌써 그들을 배신했는지도 모른다.

지금 생각해보면 이런 자문을 내가 수없이 반복하게 된 것은, 위태로울 정도로 예민해져가는 소년기의 자의식과 불균형한 자기애의 양상을 이 작품이 그만큼 능숙하게 그려내고 있었기 때문이다. 그러나 그렇게 객관적으로 생각하게 되기까지는 많은 시간과 경험이 필요했다. 이 글을 접한 이후로 나는 오랫동안 다자이 오사무를 싫어했다. 지금 생각하면 그것은 거의 자기혐오와 같은 감정이었다.

1. 1954년 북한의 외상이었던 남일은 일본의 재일조선인 정책을 비판하고 재일조선인을 북한의 해외 공민으로 규정하는 성명을 발표했다. 또 1956년에는 내각포고 제53호가 발령되었고, 1958년에는 김일성이 조선인민공화국 창건 10주년 기념 축사에서 이 문제를 거론했다. 이러한 일련의 사건들을 계기로 1959년 8월 13일 북일 적십자단 사이에 '귀국협정'이 체결되었고, 재일조선인들이 집단으로 귀국 운동을 시작했다. 냉전 체제 아래 추진된 이 귀국 운동은 결국 남북한과 일본 간에 미묘한 정치적 문제를 야기했다. 북한이 전후복원 사업에 동원할 노동력을 확보하기 위해 추진한 일이라는 설명도 있지만, 이 민족대이동의 실상과 내용은 여전히 베일에 가려 있다.

2. 세대를 초월해 사랑받았던 일본의 국민가수. 우리나라로 치면 이미자 정도 된다.

3. 일본 영화계를 대표하는 기업. 민영방송 아사히朝日의 대주주이기도 하다.

4. 교토 기타쿠北區에 있는 사원. 400년 수령樹齡을 자랑하는 신목과 벚꽃이 가장 빨리, 또 아름답게 피는 명소로 알려져 있다.

5. 미시마 유키오三島由紀夫의 『금각사』로 더 잘 알려진 이 절의 정확한 이름은 '로쿠온지'鹿苑寺이다.

6. 1319년 창건된 선사.

7. 1862~1922. 소설가. 독일 유학을 하고 돌아와 괴테, 하이네, 바이런 등의 작품을 담은 『오모카게』於母影를 비롯해 여러 소설을 번역했다. 이 밖에 『청년』青年, 『기러기』雁, 『아베 가족』阿部一族 등의 소설과 다수의 평론을 썼다.

8. 1883~1971. 1910년 무샤노코지 사츠아네武者小路實篤와 함께 『백화』白樺를 창간하고 '백화파'의 중심인물이 되었다. 사회적 시야는 좁지만, 강렬하고 순수한 직관과 간결하고 적확한 묘사, 명징하고 품격 있는 문체 등으로 많은 후진들에게 영향을 주었다.

9. 17세기 에도 시대를 배경으로 한 단편 역사소설로 '아카니시 가키타'는 주인공 이름이다. 1936년 이타미 만사쿠伊丹萬作 감독이 영화로 제작하기도 했다.

10. 1898~1947. 기쿠치 간에게 사사했다. 프롤레타리아문학의 전성기인 1924년

소 년 의 눈 물

12

가와바타 야스나리川端康成와 더불어 신진 작가들을 규합해 『문예시대』文藝時代를 창간하여 신감각파의 거점을 마련했다. 작품으로 신감각파의 집대성으로 불리는 『상하이』上海와 그의 최고 걸작이라는 『문장』紋章 등이 있다.

11. 1872~1943. 시인·소설가. 1897년에 간행한 그의 첫 시집은 일본 근대시의 원점으로서 후대 시인들에게 큰 영향을 주었다.

12. 1904~1953. 소설가·비평가. 아쿠타가와 류노스케의 지우이기도 하다. 『성가족』聖家族과 『광야』曠野 등의 작품은 뛰어난 심리묘사로 삶과 죽음, 사랑을 표현했다고 평가받는다.

13. 1903~1951. 소설가. 암울한 인생의 경험을 일기체로 쓴 소설 「방랑기」放浪記가 베스트셀러가 되면서 이름을 알렸다. 중일전쟁 발발 후에는 중국과 동남아시아 각처에서 종군작가로 활약했으며, 패전 후 신문에 소설을 연재하던 중 과로로 사망했다. 그의 작품들에는 특히 허무한 시정詩情이 두드러진다.

14. 바다에 산다고 믿는 상상의 동물. 뾰족한 입과 거북이 등을 하고 등껍질에는 비늘이 덮여 있으며 정수리에는 물을 가득 채운 접시가 놓여 있다.

15. 1654년 물 부족을 해소하기 위해 조성된 상수로. 원래 43킬로미터에 이르렀으나 지금은 약 12킬로미터 정도만이 남아 있다. 다자이 오사무가 애인과 투신자살한 곳이다.

16. 본문에 나오는 '思ひ出'는 '思い出'를 역사적 표기법에 따라 표기한 것이다. 역사적 표기법이란 일본문자 표기를 현재의 발음과는 다른, 10세기 표기를 기준으로 하는 표기법. 현대일본어에서 쓰지 않는 문자 'ゐ(キ)', 'ゑ(エ)'를 사용하는 것이 특징이다. 1946년 현대일본어의 발음 표기 원칙이 마련되고 1986년 일부 개정되기도 했는데, 문학적 효과를 꾀하기 위해 아직도 역사적 표기법을 고수하는 작가들이 있다.

17. 발목까지 덮는 주름 잡힌 남성용 하의. 상의는 '하오리'라 부르며, 둘 모두 겉옷이다.

18. 도쿄를 거쳐 도쿄 만으로 흘러드는 하천.

19. 교토 북동부에 있는 산. 엔랴쿠지延曆寺가 있다.

남자에 대하여

'현대시인전집, 외

처음으로
시를 읽기 시작한 것이 언제였을까?

기억나는 것은 중학교 1학년 국어시간에 다카무라 고타로高村光太郎[1]의 「레몬 애가」レモン哀歌를 배운 일이다. 어렴풋이 기억을 더듬어보면, 잘 여물어 속에서 환히 빛이 나는 듯한 레몬 컬러사진이 삽화로 들어 있었던 것 같은데, 다른 책 이었는지도 모르겠다.

그 수업에서 우리 반 어느 여학생이, 노란색 천을 입힌 상자에 들어 있는, 아 주 값비싸 보이는 애장판 『치에코쇼』智惠子抄[2]를 들고 왔다. 집에 있던 책이라고 했다. '미쳐버린 아내에게 바치는 한결같은 사랑'이라는 주제―그렇게 단순한 주제가 아니라는 사실은 훗날에 가서야 조금씩 깨닫게 되었지만―는 그 자체 만으로도 충분히 멋쩍고 또 쑥스러운 것인데 하물며 그런 시집의 '애장판'을 가족들이 있는 데서 읽다니……. 우리 집에서는 생각조차 할 수 없는 문화였다.

집안에 시집을 둔다는 상상만 해도, 나는 등줄기 어딘가 근질근질 가려워지 는 느낌이었다. 그렇기는 했어도, 한편으로는 그 시집을 손에 쥐고 한 줄 한 줄 꼼꼼히 음미해보고 싶은 유혹도 쉽사리 억누를 수 없었다. 어찌 됐든 여학생한 테서 시집을 빌린다는 행위 자체가 우선은 말이 안 됐고, 혹시라도 형들에게 발 각되는 날에는 "이성에 눈을 떴다"는 등 조롱을 당할 게 틀림없었다. 사이가 썩 좋지만은 않은 작은형과 막내형이었지만 이런 상황이 벌어지면 간단히 의기투 합, 보조를 맞출 게 분명했다.

하지만 결국 나는 형들의 눈을 피해 시집을 읽기로 뜻을 굳히고, 용기를 내어 책을 빌리러 갔다. 그리고 이『치에코쇼』는 이른바 시집 가운데 내가 최초로 읽은 작품이 되었다.

지금 떠올린 일이지만, 그런 일이 있고 얼마 지나지 않아 아오야마 뭐라고 하던 이름의 여가수가 부른 "토라져 어리광부리던 치에코, 치에코의 목소리가, 아아, 아다타라 산에서, 오늘도 들려온다"는 가요가 유행했다. 그 시절『치에코쇼』는 일종의 유행이었는지도 모르겠다. 실제로 시집을 읽어보니 그 유행가만큼 통속적이진 않지만 어딘가 깔끔한 맛이 없는, 이를테면 자아의 치기 같은 것이 느껴져 썩 좋지만은 않았다.

*

빌려온『치에코쇼』는 언제고 원 소유자에게 되돌려주어야 했기 때문에 근처 서점에서 추오코론샤中央公論社가 발간한 '일본의 시인' 시리즈 중 다카무라 고타로와 기타하라 하쿠슈北原白秋,[3] 하기와라 사쿠타로 등 세 시인의 작품들을 한 권으로 엮은 시집을 구입했다. 내가 산 최초의 시집이다.

기타하라 하쿠슈의 시는 잘 이해할 수 없었지만, 하기와라 사쿠타로의 작품에는 묘하게도 마음이 끌렸다.

내 고향으로 돌아가는 날
기차는 열풍 속을 뚫고 지나가리라
기적소리 어두움 속에 울부짖듯 외치고
불꽃은 평야를 밝게 비추는데
아직, 조슈의 산은 보이지 않누나.

  이렇게 시작하는 「귀향」은 곧바로 암기해버렸다.

  이 시에 등장하는 "모래자갈 같은 인생이런가"라는 구절이 아직 열두 살도
안 된, 인생이 무엇인지 알 턱이 없는 소년의 마음을 사로잡았다. 그 뒤로 얼마
동안 잊고 지냈는데, 십여 년 세월이 흘러 옥중에 갇힌 작은형에게 반입할 생각
에 홋타 요시에堀田善衞의 『젊은 시인들의 초상』若き日の詩人たちの肖像(1968)을 사서
읽어보니, 주인공이 야간열차에 몸을 싣고 가나자와金澤로 귀향할 때마다 이 시
를 머릿속에 떠올렸다는 대목이 나와서, 오랜만에 어린 시절의 추억이 되살아
났다.

  그때야 비로소 "모래자갈 같은 인생"이라는 시구에 대해 나도 아주 조금은
실감할 수 있는 나이가 되었던 것이다.

하기와라 사쿠타로에 마음이 이끌린 뒤부터 나는 한 권 두 권 시집을 사고, 시인 흉내도 내면서 시 비슷한 글들을 끄적이게 되었다. 따로 공책을 마련해선 마음에 드는 시구들이나 경구, 혹은 자작시 비슷한 글귀들을 적어두었다. 이 공책만큼은 절대로 형들에게 발각되어서는 안 되었기 때문에, 숨겨둘 장소를 물색하느라 골머리를 앓기도 했다. 그렇지 않아도 그 시절 나는 이미 형들에게 '시인'이라는 별명으로 불리고 있었다. 시인의 이미지란 베레모에 루바스카 차림을 한 '문약한 무리', 비위를 거스르는 '뇌꼴스러운 놈들', 꼴사납게 '잘난 체하는' 배부른 자들의 모습이었다. 그래서 나는 행여 형들이 내 기록들을 훔쳐보고 비웃기라도 한다면 가출하는 길 외에 달리 방법이 없다는 고지식한 생각을 하며 괴로워했다.

하지만 그토록 소중하게 간직했던 공책도, 몇 개월인가 흐르자 자기혐오가 점점 심해지는가 싶더니 그만 불을 지펴 모두 태워 없애고 말았다. 그러고 나서는 또 새 공책을 마련해 이런저런 글들을 써두었는데, 이마저도 갈기갈기 찢긴 채 가모가와 강변에 흩날리는 운명을 맞이했다. 똑같은 과정이 계속 되풀이되었다.

지금도 교토의 마루타마치丸太町라는 거리에는 고서점들이 즐비하지만, 내 어린 시절에는 그 수가 훨씬 많았고 사업도 번창해서 매출도 쏠쏠했다. 나는 가끔씩 야마모토라는 절친한 친구 녀석과 함께 자전거로 오카자키 공원 부근까지 가서 팥빙수나 온면을 사먹고, 집으로 향하는 길에는 고서점들을 이 잡듯 한 집 한 집 둘러보며 돌아왔다. '이러다 혹시 주인아저씨한테 야단맞지나 않을까?' 가슴 졸이며 서서 『기담 클럽』 같은 엽기도색류 책들을 읽는 것도 즐거웠지만, 어려워 보이는 책의 뒤표지를 넌지시 쳐다보노라면 왠지 이내 키가 쑥 자란 듯한 기묘한 쾌감을 느낄 수 있어 더 좋았다.

그런 식으로 고서점가를 두루 돌아다니며 시집도 몇 권 구입했다. 소겐샤創元社에서 나온 『일본시인전집 제10권』日本詩人全集第十卷(초판 1952) 같은 책도 그렇게 해서 손에 넣었다. 이 책에 실린 히시야마 슈조菱山修三⁵의 「어머님께 바치다」母上に寄す는 내가 애송하던 시이다.

아름다운 시를 쓰고 싶다는 바람이, 진정 모자라구나. 오로지 진실한 모습을 묘사하려 하는데도, 그 눈은 더 맑아지지 않네. 어머님이시여, 어찌하여 나를 이 땅 위에 태어나게 하셨나요. 어머님이시여, 어찌하여 나를 저 나무의 우듬지나 저 구름 속에서 태어나게 하지 않으셨나요.

이런 내용의 시다. 머리칼을 어지러이 흐트러뜨리며 생활과 격투하고 있는 엄마를 "어머님이시여" 하고 부르는 것이 어색하기는 했지만, 실제로 나는 여름캠프로 떠났던 신슈信州의 고원에서 안개가 자욱이 피어올라 구름으로 자라는 광경을 유심히 바라보며 입속으로 "어머님이시여" 하는 말을 중얼거리기도 했다. 또 몇 번인가 "어찌하여 나를 이 땅 위에 태어나게 하셨나요"라고 말하고 싶은 날들을 지나온 지금까지도, 초여름 햇살이 작열하는 한낮, 높게 뻗은 나무의 꼭대기 줄기에 어린 이파리들이 반짝이는 것을 볼 때면, 히시야마의 이 시가 가슴속에 살아온다.

*

마루타마치 다리 인근의 어느 고서점에서 『다쿠보쿠 시집』啄木詩集을 샀던 일도 기억난다. 서정적인 전통시인이라고만 생각했던 이시카와 다쿠보쿠石川啄木[6]가 이런 시까지 썼다는 사실을 나는 그때 처음 알았다.

다리 옆길로 가모가와를 따라 강변 쪽으로 내려가다가, 벤치에 앉아서 책장을 넘기니 「코코아 한 순갈」ココアのひと匙이 눈을 파고들었다.

끝없는 논쟁 뒤
차갑게 식어버린 코코아 한 순갈을 홀짝인다
혀끝을 만지는 그 쌉싸름한 맛

나는 알겠네, 테러리스트의
슬프고도 애처로운 그 마음을.

　전혀 상상도 하지 못한 세계였다. "외로움에 울다 지쳐 게와 벗하네"라는 시구로만 기억하고 있던 시인 이시카와 다쿠보쿠는, 테러리스트의 비애를 이해한 사람이기도 했던 것이다.[7]
　나는 이 시 속의 '테러리스트'가 1909년 하얼빈 역에서 이토 히로부미를 사살한 안중근 의사라는 설을 최근에 처음 들었다. 「코코아 한 숟갈」은 그 사건이 나고 2년 뒤인 1911년 작품이다. 1910년 일본이 '한일병합'을 감행한 즈음, "지도 위 조선국에 / 시커멓게 먹으로 칠하면서 / 가을바람을 듣는다"고 조선의 망국을 슬피 노래했던 이시카와 다쿠보쿠이고 보면, 이런 설이 헛다리를 짚었다고 단언할 수만도 없는 일이다. 물론 중학생이었던 나는 그런 문제 따위는 알지도 못한 채 「코코아 한 숟갈」과 마찬가지로 「서재의 오후」書齋の午後라는 시를 좋아했고, 암송했다. 「서재의 오후」는 "나는 이 나라의 여자가 마뜩찮다"는 구절로 시작해서 똑같은 시구로 끝을 맺는다.
　어쨌든 나는 이 시집을 통해 비로소 '민중 속으로'v narod라는 19세기 러시아 청년들의 외침과 '바쿠닌'Mikhail A. Bakunin이라는 이름을 알게 되었다.
　"나의 친구여, 오늘도 또 / 마르크스 『자본론』의 / 난해함에 계속 고민하지

말지니"(「호루라기와 휘파람 보유 9」呼子と口笛補遺九)와 같은 구절들은 절로 마음을 흐뭇하게 했다.

중학교 때 산 그 『다쿠보쿠 시집』은 어느 출판사에서 나왔는지 모르지만, 곽에 든 신서판 크기의 책이었다. 하지만 이 책 역시 지금은 내게 없다. 본인이 기억할지는 모르겠지만, 막내형이 언제부턴가 자기 책처럼 들고 다니며 애독하나 싶더니, 한국으로 유학을 떠날 즈음 가져가버렸다. 그러다 1971년 형이 유학생간첩단 사건에 연루되어 체포되었을 때 조사 당국에 압수당해 영영 잃어버리고 말았다.

＊

2학년으로 진급하면서 『현대시수첩』現代詩手帖을 구독하기도 했고, '황지파'[8]의 시에 관해서도 알게 되었다. 그런 계기를 마련해준 책이 가도카와쇼텐角川書店에서 나온 '현대시인전집' 제9권 『전후 1』戰後一과 제10권 『전후 2』戰後二였다. 9권의 초판이 1960년이고, 10권은 1963년에 초판이 발간되었으므로 출판되고 난 뒤 곧바로 구입한 셈이다.

『전후 1』은 아유카와 노부오鮎川信夫,[9] 다무라 류이치田村隆一,[10] 도게 산키치峠三吉[11] 등 시인 26명의 선집이다. 이 선집에는 재일조선인 시인 허남기[12]도 포함돼 있다. 『전후 2』에는 하세가와 류세이長谷川龍生,[13] 구로다 기오黑田喜夫,[14] 스가와라 가츠미菅原克己,[15] 다니가와 간谷川雁,[16] 다니가와 슌타로谷川俊太郎,[17] 데라야마 슈지寺山修司[18] 등 시인 33명의 작품을 소개하고 있다. 이들 시마다 각각 내 나름의 추억을 갖고 있지만, 그 모든 것을 이 자리에서 쓰기는 어려운 일이다.

그 중 특히 잊기 힘든 시 하나가 스즈키 기로쿠鈴木喜綠[19]라는 시인의 「용서」許して이다. 이 시의 첫머리는 이렇게 시작한다.

또다시 음音의 세계와 색色을 즐기는 곳으로
돌아서서는 안 된다
다시금 새로이 소생하는 존재가
자연스레 내딛는 발걸음인 이상 과거로 되돌아가지 않는다
나는 지금 이렇듯 강한 자신을 무너뜨려서는 안 된다

나는 이 부분을 읽을 때 '주위의 일본인 학생들에게 절대로 내 마음을 허락하지 않겠다' 결심하며 몸과 마음을 가다듬었던 어린 시절을 떠올렸다. 게다가 이 시의 마지막 행에는 "나는 사랑은 못 하겠다"고 씌어 있었다. 누군가를 좋아해버릴 것만 같은 그런 때에는, 나는 언제나 마음속으로 이 시구를 읊조렸다. 그만큼 마음이 약했던 것이다.

시인의 약력 맨 끝자락에 놓인 '현직 등사필경'現職 謄寫筆耕이라는 기록을 보면서, 불우했으나 금욕적인 시인의 모습이 눈에 선연히 떠올라 엄숙한 기분에 빠져들었다. 통칭 '가리방'[20]이라 불리던 그 작업은, 내가 대학 다니던 시절을 마지막으로 완전히 자취를 감춰버리고, 이제는 워드프로세서의 전성시대가 되었다. 그 후 이 시인은 어떻게 살아갔을까? 쓸데없는 생각인지는 몰라도, 이 시인은 지나칠 정도로 섬세한 탓에 세상살이에 서툴기만 한 옛 친구인 듯 언제나 내 마음에 걸렸던 것이다.

＊

이렇게 해서 하나하나 손으로 더듬거리며 내 식으로 시를 읽어나가던 중, 나는 세 여성 시인의 작품을 우연히 만나게 되었고 그들에게 온통 마음을 빼앗기고 말았다.

첫번째 여성 시인은 이바라기 노리코茨木のり子.[21] 「내가 제일 아름답던 시절」わたしが一番きれいだったとき을 읽었을 때는, 패전 직후 개봉된 영화 〈도쿄 이야기〉東京物語(1953)의 여주인공 하라 세츠코原節子나 〈여기 샘물이〉ここに泉あり(1955)의 키시 게이코岸惠子가 떠올랐다. "전후의 폐허가 된 도시를 비추는 눈부신 햇살

속을, 어깨를 쭉 펴고 성큼성큼 걷고 있는" 듯한 느낌이었다. 이 사람은 설령 잘 못되더라도 "모래자갈 같은 인생이런가" 같은 말 따위는 하지 않을 것 같다. 대체로 미래라는 존재를 긍정하고 싶도록 만드는 건강한 정의감이 넘쳐흐른다. 「장 폴 사르트르에게」ジャン・ポウル・サルトルに는 그런 특징을 가장 잘 보여주는 작품이라고 할 수 있는데, 거기에는 "조선인들이 대지진의 도쿄에서 / 왜 죄 없이 죽어갔는가"라는 시구가 나온다. 물론 당시에 내가 그 역사적 맥락을 명확히 인식하고 있던 것은 아니지만, 언제나 집에서 나지막한 음성으로 전해 들어온 인종 박해pogrom의 어두운 기억이 천진난만하다 할 정도로 공공연하고 태연하게 이야기되는 광경에, 당혹스러움과 함께 모종의 해방감 같은 것도 느낄 수 있었다.

어디엔가 사람과 사람의 아름다운 힘 없을까
같은 시대를 더불어 살아가는
친근함과 재미, 그리고 분노가
날카로운 힘으로 바뀌어 나타난다.

「유월」六月이라는 제목의 이 시를 접한 이후, 마음속으로 유토피아의 이미지를 그리려 할 때면 언제나 이 시가 떠오른다. 훗날 옥중에서 『이바라기 노리

코 시집』茨木のり子詩集을 읽은 막내형이 이 시를 애송하다 조선어로 번역까지 했던 일이 계기가 되어, 나는 이바라기 씨를 직접 대면할 기회가 있었다. 중학생 시절 연모했던 여류 시인을, 중년 가까운 나이를 먹은 뒤에 비로소 만난다는 것은, 묘하게 멋쩍은 일이었다.

두번째 여성 시인은 이시카와 이츠코石川逸子.[22] 이 시인과도 최근에 면식을 트게 되었다. 요 몇 년 동안 나는 도쿄의 한 사립 대학에서 가르치고 있는데, 내 강의를 듣는 수강생들 중에는 간혹 일반인 청강생도 있다. 어느 날 학생들에게 조선인 위안부 문제에 관한 비디오를 보여주고 감상문을 제출하도록 한 적이 있었는데, 놀랍게도 그 중에 '이시카와 이츠코'라고 서명된 감상문이 하나 들어 있었다. 확인해보니, 그 제출자는 중학교 시절 내가 동경하던 바로 그 시인이었다.

나는 그녀의 「검은 다리」黑い橋라는 시를 아직도 외우고 있다.

1937년 난징으로 떠난 군인 아저씨
당신은 거기서 무엇을 하셨나요……

위의 물음이 후렴구처럼 반복되는 이 시는 이렇게 끝을 맺는다.

1958년 여름
난징으로 떠난 군인들은 선량한 아버지가 되어
내일을 계산하며
검은 다리를 타고 건너간다
누구도 그들을 알아보지 않는다
그들도 자신을 알아보지 못한다

　　일본의 조선 지배 및 아시아 침략에 대해 일본 내부로부터 책임과 자성을
요구하는 시를 현재까지도 지속적으로 생산하고 있는 시인 이시카와 이츠코의
노정이 바로 이 시에서 예견되고 있다. 그러나 중학생이던 내가 충격을 받고 이
시인에 열중하게 되었던 것은, 「검은 다리」와는 성격이 크게 다른 「틈이 벌어진
오두막집을 장난삼아 엿보고……」戱れにわれ小舍をのぞきしかど……라는 시였다.

그대들의 평범하고 안락한 아침식사, 일, 일요일의 산책
그것들을 일거에 흔적도 없이 만드는 무엇인가가
오두막집 속에는 있다
알지만 돌이킬 수 없는, 화상의 경련 같은 무엇인가가

작은 오두막집에 있는 것은 '매춘부가 되어버린 너'와 '목마로 변해버린 당신'이다. 식탁에 놓인 맥주병은 잘려나간 어머니의 발목이고, 여섯 발가락만 남은 그 두 발목은 부끄러운 듯 오그라들다가 맥주병을 쓰러뜨린다……. 이 같은 박자로 진기한 오두막집을 무대로 한, 무섭고도 끔찍한 악몽의 세계가 전개되면서, 비일상의 균열에서 일상의 암부에 도사린 위기를 엿보게 만드는 것이다.

나는 이 시를 통해 그때까지 '시'라는 존재에 대해 품었던 선입견을 멋지게 깨뜨릴 수 있었고, '언젠가 나도 이런 시를 쓰고 싶다'고 간절히 바라게 되었다.

이시카와 씨를 만났던 날 나는 중학생 시절 이 시에서 받은 충격을 화제로 꺼냈지만, 이시카와 씨는 말을 아꼈다. 내 나름으로 그 이유를 추측하고는 있지만, 혹 오해일 수도 있기에 여기서 굳이 이야기하지는 않겠다.

*

세번째 여성 시인은 다키구치 마사코瀧口雅子[23]이다. 그 중에서도 「남자에 대하여」男子について라는 시는 단연 뛰어나다.

남자들은 알고 있다
늘씬하게 쭉 뻗은 여자의

두 다리 사이에
한 송이 꽃이
봄
여름
가을
겨울
저마다 다르게 핀다는 것을

지금도 또렷이 기억하는데, 이 시를 처음 읽었을 때 나는 다른 이에게 들키지 않을까 두려워 허둥지둥 책을 덮어버렸었다. 이런 시야말로 결코 어머니나 형들에게 읽는 모습을 보여서는 안 될 것이었다.

당연한 얘기지만 고작 열두어 살밖에 안 된 당시의 나는, '남자'이기는 했지만 '여자'에 대해서는 아무것도 몰랐다. '여자의 두 다리 사이에 핀 꽃'을 상상하고는 부끄러움에 그저 얼굴이 화끈 달아오를 따름이었다. 하지만 그런 어른들의 시를 남몰래 읽고 있는 자신이 한편으로는 대견스럽기도 했다. 어른으로 성장해가는 내 앞에는 상상조차 할 수 없는 미지의 세계가 펼쳐지고 있었던 것이다. 나는 경외에 가까운 심정으로, 그 미지의 세계를 향해 한 발 한 발 걸음을 내딛는 자신을 감지하고 있었다.

이 시에는 이런 시구도 등장한다.

남자들은 간절히 소망한다
좋아하는 여자가 얼른 죽어주기를
여자는 자기 것이라고
납득하고 싶기에

『치에코쇼』의 시인 다카무라 고타로한테서 느꼈던 '어딘가 모르게 깔끔한 맛이 없는 자아의 치기'라는 것 역시, 요컨대 이러한 감성을 가리키는 것이 아닐까……. 그런 생각을 하게 된 것은 시간이 조금 더 지난 뒤였다. 처음 시를 읽기 시작한 후 2년여 시간이 흐르고, 어느덧 나는 중학교 3학년이 되었다.

1. 1883~1956. 시인·미술평론가. 탐미파 예술가들의 모임인 '빵의 모임'에 참여했다.

2. 고타로가 정신병과 폐결핵으로 죽은 아내를 위해 거의 30년에 걸쳐 쓴
시 모음집. 이후에 영화로도 제작되었다.

3. 1885~1942. 시인. 『명성』明星과 『스바루』スバル 등에 단가와 시를 발표하며
작품 활동을 시작했다. 1901년 '빵의 모임'을 결성, 탐미주의 운동을 전개했다.
부드러운 운율과 이국적 정서, 풍부한 관능성과 상징적 기법이 돋보이는 첫 시집
『사종문』邪宗門과 『추억』思ひ出은 당대 일본 시단에 충격을 주었다.

4. 1918~1998. 소설가. 「광장의 고독」廣場の孤獨 등으로 아쿠타가와상을 받았다.
역사의 굴곡에 흔들리지만 굴하지 않는 「광장의 고독」의 인간상들은 이후 작품에서도
중요하게 다루어진다. 그 외에도 문명과 역사를 심도 있게 다룬 작품들을 많이 남겼다.

5. 1909~1967. '역정'歷程 동인으로 활동한 시인. 『단애』斷崖, 『황지』荒地와
『망향』望郷 등의 시집을 발표했다.

6. 1886~1912. 폐병으로 요절한 시인. 시집 『동경』あこがれ, 『슬픈 장난감』悲しき玩具과,
전통 가집歌集 『모래 한줌』一握の砂이 대표작이다.

7. "울다 지쳐" 운운하는 구절은 『모래 한줌』에 나오는 「나를 사랑하는 노래」我を愛する歌의
첫 구절이다. "동해의 작은 섬 이소의 백사장 외로움에 울다 지쳐 게와 벗하네."

8. 모더니즘 계열의 젊은 시인 아유카와 노부오, 나카기리 마사오中桐雅夫 등을 중심으로
결성된 그룹. 전쟁 체험과 엘리어트의 시 「황무지」에 영향을 받아 형식주의적인
전전戰前 모더니즘 시의 공허함과 프롤레타리아문학의 정치성을 반성하고,
시의 내용과 의미에 중점을 두며 인간성 회복을 강조했다.

9. 1920~1986. 시인·평론가. '신영토'新領土의 동인으로 참여, 재능을 인정받았다.
전후 '황지파'를 주도하고 또 '순수시'純粹詩에도 참여하면서 새로운 시대 인간의 고뇌를
표현했다. 작품으로 『전중수기』戰中手記와 『아유카와 노부오 시집』鮎川信夫詩集 등이 있다.

10. 1923~1998. 시인. '황지파' 결성에 참여했고 일본 전후 시단을 이끌었다.

저서에 『4천의 낮과 밤』四千の日と夜과 『말 없는 세계』言葉のない世界,
『녹색 사상』綠の思想 등이 있다.

11. 1917~1953. 시인. 히로시마에서 원폭 피해를 당한 후 원폭 반대 운동에
앞장섰다. 잡지 『탐구』探求 등을 간행했고, 특히 『원폭시집』原爆詩集으로
커다란 반향을 일으켰다. 37세에 수술 도중 사망했다.

12. ?~ 1988. 재일조선인 시인. 니혼대학日本大學에서 문학을 공부하며 한국어
극단을 결성했다가 검거되었다. 해방 직후에는 민족교육 분야에서도 활약을
보였다. 시집에 『조선의 겨울이야기』朝鮮冬物語, 『조선해협』朝鮮海峽,
편역한 시집으로 『조선은 지금 싸우고 있다』朝鮮はいま戰いのさ中にある 등이 있다.
또 『춘향전』과 조기천의 장편 서사시 『백두산』을 일본어로 번역했다.

13. 1928~. 시인. 전후의 시 동인지 『열도』列島와 『산하』山河에 참여했고
『현대시』現代詩의 초대편집장을 지냈다.

14. 1926~1984. 시인. 농민조합 운동을 펼치기도 했고, 한때 공산당에도 참여했다.
'열도'와 '산하'에 참여했으며 첫 시집 『불안과 유격』不安と遊擊으로 시단의
아쿠타가와상으로 불리는 H씨상을 수상했다. 가장 예리한 문명비판 시인으로 알려져 있다.

15. 1911~1988. 시인. '열도'의 동인이자 공산당원으로 활동하면서 많은 서정시를 발표했다.
작품집에 『손』手, 『햇살의 문』陽の扉, 『여름 이야기』夏の話 등이 있다.

16. 1923~1995. 시인·평론가. 공산당에 입당했다가 안보투쟁을 계기로 탈당했다.
『대지의 상인』大地の商人과 『천산』天山 발표 후 『정본 다니가와 간 시집』定本谷川雁詩集을
내면서 절시絶詩를 선언한다. 이후 몇 권의 평론집을 냈고 아동문화 활동에 힘썼다.

17. 1931년~. 시인. 철학자이자 평론가인 다니가와 데츠조谷川徹三의 아들이다.
『20억 광년의 고독』二十億光年の孤獨으로 시단에 데뷔했다.
시집으로 『62개의 소네트』六十二のソネット, 『사랑에 대하여』愛について 등이 있다.

18. 1935~1983. 시인·극작가·연출가·영화감독·경마평론가.

19. '황지파' 동인으로 활동했다는 기록만 남아 있을 뿐, 자세한 이력은 알 수 없다.

20. 초를 먹인 원지에 철필이나 골필로 원고를 긁고 틀에 끼운 뒤 등사잉크를 바른 롤러로 밀어 인쇄하는 방법. '등사판'이라고도 한다.

21. 시인. 동인지『노』櫓를 창간했다. 솔직한 언어, 일상에 뿌리를 둔 날카로운 현실비판이 특징이다. 시집으로『대화』對話를 비롯하여『보이지 않는 배달부』見えない配達夫, 『진혼가』鎭魂歌 등이 있고,『한국현대시선』韓國現代詩選을 옮겨 엮기도 했다.

22. 1933~. 시인. 계간지『히로시마와 나가사키를 생각한다』ヒロシマ・ナガサキを考える의 발행자이며, 작품집에 시집『치도리가후치에 가보셨나요』千鳥ヶ淵へ行きましたか와 『스러진 꽃들에게 바치는 진혼곡』砕かれた花たちへのレクイエム, 저서에『종군위안부로 끌려간 소녀들』從軍慰安婦にされた少女たち과 『히로시마 사자들의 목소리』ヒロシマ・死者たちの聲 등이 있다.

23. 1918~? 서울에서 태어난 시인.
작품집에『내 마음의 시인들』わがこころの詩人たち(1971) 등이 있다.

끝내 읽지 못한 책

토마스 만 『마의 산』

1970년대 말, 당시 한국에서 영어의 몸으로 고생하고 있던 셋째

형이 "나에게 독서란 도락이 아닌 사명이다"라는 내용의 편지를 보낸 일이 있다. 서재나 연구실에서 씌어진 말이 아니었다. 고문이 가해지고, 때로는 '징벌'이라 부르던, 수개월 간이나 계속된 독서 금지처분을 당하던 상황에서 써 보낸 편지였다.

나는 곧바로 형의 이 말을 나에 대한 가차 없는 비판으로 받아들였다. 항변의 여지가 없었다.

한 순간 한 순간 삶의 소중함을 인식하면서, 엄숙한 자세로 반드시 읽어야 할 책들을 정면으로 마주하는 독서. 타협 없는 자기연찬自己研鑽으로서의 독서. 인류사에 공헌할 수 있는 정신적 투쟁으로서의 독서.

그 같은 절실함이 내게는 결여돼 있었다. 꼭 읽어야 할 책을 읽지 않은 채, 귀중한 인생의 시간을 시시각각 낭비하고 있는 것은 아닌가…….

*

어린 시절 나는 자주 감기에 걸리곤 했다. 의사의 진찰을 받을 정도가 아닌데도 수업을 빼먹었다. 그뿐이 아니었다. 이튿날 학교에 가고 싶지 않을 때에는, 일부러 감기에 들기 위해 이불을 옆으로 제쳐놓은 채 잠을 잤던 일까지 있다. 하지만 내가 이렇게 행동한다고 해서 항상 적당히 열이 올라가줄 리는 없었다. 열이 오르지 않는 경우에는, 어김없이 아침 해가 떠오르고 계단에서 어머니가 "어서 일어나라"며 계속해서 호통을 치셨지만 나는 이불을 푹 뒤집어 쓴 채 완강하게 버텨냈다. 이러한 나와 어머니의 공방전은 아침 9시까지가 고비였다. 꾀병을 피워 결석하려는 내 계획을 간파하신 어머니는 이 시간까지만 해도 "지각하더라도 학교에 가거라. 아니면 병원에 가서 주사라도 한 대 맞고 오자꾸나" 하시며 나를 채근하셨지만 결국 당신의 일이 바빠지게 되면 체념하시고 말았다. 가끔은 빗자루로 호되게 매를 맞은 적도 있었고, 거꾸로 한숨 자고 눈을 떠보면 내가 좋아하는 떡이 베갯머리에 놓여 있기도 했다. 물론 나에게도 '죄의식'은 있어서 빗자루보다는 베갯머리의 떡이 더 가슴을 저며왔지만, 속이 후련해지는 듯한 해방감은 그 죄의식을 상쇄하고도 남았다.

이렇게 어머니와의 힘겨운 줄다리기에서 승리하고 나면 나는 신명이 나서, 서둘러 보고 싶은 책을 네댓 권 가져와 쌓아두었다. 아무 간섭도 받지 않으며 책을 읽었다. 공부가 아니었다. 오로지 즐거움이었다. 바꿔 말하면 단순한 '도락'이었던 것이다.

이런 내 행동은 버릇이 되어 어른이 된 뒤에도, 몸 상태가 좋지 않아 침상에 누워 있자면, 어느새 마음 한 구석에서 또다른 내가 "옳지, 잘됐다" 하며 쾌재를 불렀다. 쌓여만 가는 반대편의 '꼭 읽어야 할 책'에서 잠시 나를 해방시키고

'애써 읽지 않아도 되는 책'으로 손을 뻗치는 것이었다.

　대학에 갓 입학했을 즈음, 내가 몸담고 있던 민단계 재일한국인 학생단체가 스키야바시공원數寄屋橋公園에서 '출입국관리법안'에 반대하는 단식투쟁과 연좌농성을 벌인 적이 있었다. 지원활동이라는 명분으로, 나 역시 공원에 처놓은 텐트 속에서 하룬가 이틀 밤을 지냈다. 그때 나처럼 지원활동을 나온 한 미대생이 희미한 등불 아래 뭔가를 열심히 읽고 있는 모습이 보였다. 무슨 책을 읽느냐고 물어보니, 도발적인 말투로 "당신 같은 사람은 이런 종류의 책이 주는 즐거움을 모를 거예요" 하며 웃었다. 그 책은 닛타 지로新田次郎[1]의 『고고한 사람』孤高の人이었다. 가토 분타로加藤文太郎라는 천재 등반가의 전기소설이었다. 그러고 보니 그녀는 벌써 텐트니 침낭을 다루는 솜씨가 여간 몸에 익은 것이 아니어서, 다른 사람들에게 거치적거리기만 하는 나와는 영 딴판이었다.

　그 여학생의 말대로, 당시 나는 그런 종류의 책에 관심을 기울일 여유가 없다며 기를 쓰고 있었다. 그녀는 그토록 안달하는 나의 마음을 꿰뚫어보고 비아냥거렸던 것이다.

　그때는 마음에 담아두지 않았지만 대학을 졸업하고 1년, 2년이 흐르고 어떻게 살아야 할지 구체적인 길을 찾지 못해 난감해하던 시기, 뜻하지 않게 그때 그녀의 말이 떠올라 닛타 지로의 『셰르파 인의 일생』强力傳을 읽고, 이어 『고고한 사람』도 읽어보았다. 후자를 읽고 나서 나는 나사가 풀린 듯 맥이 쭉 빠지고

말았다. 때마침 닛타 지로의 『핫코다 산, 죽음의 방황』八甲田山死の彷徨(1978)이 간행되고, 영화로까지 만들어지고 있었다. 개중에는 지루하거나 도덕교과서 같은 냄새를 풍기는 변변치 않은 태작들도 끼어 있었으나, 나는 흡사 중독이라도 된 듯 닛타 지로의 작품이라면 모조리 읽어치웠다.

닛타 지로의 작품을 모두 읽고 난 뒤에는 잠시 동안 등반기나 산악소설 따위를 탐독했다. 그 가운데 깊은 인상을 주었던 작품은 가스통 레뷔파Gaston Rébuffat[2]의 『별과 거센 바람』Etoiles et tempées이다. 레뷔파나 크리스 보닝턴Chris Bonington[3]의 작품은 문장도 유려했고 폭넓은 교양과 독자적 철학을 갖추었기에 일급문학이라 불러도 손색이 없었다. 그리하여 나는 예나 지금이나 등산이라면 정색하고 고개를 절레절레 흔들면서도, 아이거 북벽이라든지 기타카마北鎌[4] 능선 등에 관해서는 상당히 밝은 지식을 지닌, 이른바 '이론 등반가'armchair climber가 되고 말았다. 그때의 미대생은 내가 이렇게 변신하리라고는 꿈에도 생각 못했겠지만 말이다.

아사다 데츠야阿佐田哲也에 푹 빠져 있던 시기도 있었다(아사다 데츠야는 소설가 이로카와 다케히로가 마작소설을 발표할 때 사용하던 필명—옮긴이). 보통 사람들은 이로카와 다케히로色川武大[5] 쪽을 더 높게 평가할는지 모르겠다. 『기이한 방명록』怪しい來客簿도 확실히 대단한 작품이지만, 「구두닦이 슈보」シューシャインの周坊 같은 단편 마작소설은 몇 번을 읽어봐도 그에 못지않은 진정한 수작

秀作이다.

　이 밖에도 이케나미 쇼타로池波正太郎[6]나 후지사와 슈헤이藤澤周平[7]의 시대물을 단편적으로 띄엄띄엄 읽은 적도 있고, 야마구치 히토미山口瞳[8]가 지은 글이라면 가리지 않고 읽던 시기도 있었다.

　요 몇 년 동안은 열이 나 누워 있을 때마다 우치다 햣켄의 책을 펼쳐보는 습관이 생겨버렸다. 연작 「바보 열차」阿房列車 덕에 열이 나고 가슴이 답답할 때에도 웃을 수 있었고, 「잠자리옥」蜻蛉玉처럼 이전 작품에서와 같은 기괴하고 이상야릇한 단편도 좋았다. 우치다 자신이 독일어를 가르쳤던 여학생이 1923년 관동대지진에서 사망한 일을 글로 엮은 「장춘향」長春香이라는 단편에서는 우치다답지 않은 애절함이 묻어난다. 그러나 열이 내리면 곧바로 '이렇게 있어서는 안 되지' 하며 마음이 조급해져서, 그 이상은 책장을 넘길 수 없게 되었다. 이런 내 모습은 내가 생각하기에도 우스웠다.

　닛타 지로에서 우치다 햣켄에 이르는 책들은, 이를테면 내게는 '읽지 않아도 무방한 책'이다. 혹여 내가 자주 병치레를 하지 않았더라면 평생 읽을 수 없었을지도 모른다. 지금까지 내 인생에서 이 '읽지 않아도 괜찮은 책'에 도대체 얼마의 시간을 허비해버렸던 것일까? 생각하면 가슴이 아파오기도 한다. 읽어서 무언가 얻을 게 없는 것도 아니지만 그것은 어디까지나 예정에 없던, 부수적인 소득에 지나지 않는다. 요컨대 '도락'인 셈이다. 꾀병을 피우며 학교를 결석

1970년대 말, 당시 한국에서 영어의 몸이던 셋째형이

"나에게 독서란 도락이 아닌 사명이다" 라는 내용의 편지를 보낸 일이 있다.

서재나 연구실에서 씌어진 말이 아니었다. 고문이 가해지고 때로는 '징벌' 이라 부르던,

수개월 간이나 계속된 독서 금지처분을 당하던 상황에서 써 보낸 편지였다.

하고 있는 듯 왠지 모르게 꺼림칙한 것은, 어린 시절과 다를 바가 없었다.

*

'꼭 읽어야 할 책이 있다'는 관념이 내 머리에 싹튼 것은 중학교에 입학한 뒤였다. 그 과정은 두 방향에서 일어났다. 하나는 간단히 말하면 내가 재일조선인이라는 사실을 자각하기 시작했던 것에서 유래한다. 그런 측면에서 사회과학과 인문과학 분야에 '꼭 읽어야 할 책'들이 방대하게 존재한다는 사실을 알게 되었는데 그 점에 관해서는 이 자리에서 구구하게 쓰지는 않겠다.

또다른 하나는 '사춘기의 교양 콤플렉스'라고 불러야 마땅할 방향에서 시작되었다. 이 분야에도 '꼭 읽어야 할 책'들이 숨이 막힐 정도로 가득하다는 사실을 알게 되었다. 그러나 이런 책들을 읽는다는 말은 적어도 내게는, 자기를 연마하고 인격을 도야하기 위해서라기보다도 특정 부류에 편입하기 위해 필요한 자격과 동일한 의미라는 생각이 들기도 했다. 때로 그런 생각은 감당할 수 없이 비대해져 강박관념이 되기도 했다. '특정 부류'라고 막연하게 표현해둔 까닭은, 우뚝 솟은 산 정상을 우러러볼 때 그럴 수 있듯이, 참된 지식의 거인을 향한 동경과 단순한 '문화적 특권 계급'에 대한 선망이라는 본디 상반된 두 가지 감정이 아직 미숙한 내 머리에서 혼란스럽게 뒤엉켜 있었기 때문이다.

어쨌거나 마음 내키는 대로 읽고 싶은 책을 읽으면 칭찬받던 그 어린 시절은, 어느덧 종막終幕을 고하고 말았다. 이제부터는 더이상 단순한 즐거움으로 책을 읽어서는 안 된다고 마음먹었다.

에리히 케스트너나 쥘 베른에 정신이 팔려 있던 시절부터 가지이 모토지로梶井基次郎[9]의 『레몬』檸檬, 구라타 햐쿠조倉田百三[10]의 『출가와 그 제자』出家とその弟子, 또는 앙드레 지드의 『전원교향곡』La symphonie pastorale 등을 읽게 될 때까지 불과 2~3년 사이에 일어난 일이다. '죽음'과 '성'이라는 인간의 두 가지 근본문제가 불현듯 내 머리를 온통 뒤덮게 되었던 것이다. 그즈음에는 1년 사이에 내 키가 10여 센티미터나 자랐던 터이므로 그런 일쯤이야 별로 이상할 것 없다고 할 수도 있을 것이다. 사람은 너나 할 것 없이 누구나 '사춘기'라는 극히 짧은 기간 동안 너무나도 급격한 정신적 성장과정을 거치게 마련이다. 하지만 그것은 잔혹할 정도의 경험이었다. 그리하여 나는 어른으로 성장해가는 나와 여전히 어린아이로 머물러 있는 나 사이의, 그 버거운 불균형 때문에 그토록 괴로워했던 것이다.

*

나이 서른[11]을 넘긴 지금에 와서도, 마치 어제의 일처럼 얼굴이 붉어지는 추억이 있다.

　몸을 단련하라는 막내형의 잔소리도 있었던 터라, 중학교에 들어가서는 마지못해 꾸역꾸역 배구부에 들었다. 중학교 1학년 때인 1964년, 도쿄올림픽이 열려 학교를 쉬고 올림픽 관람에 나섰다. 도쿄에서 대학을 다니고 있던 큰형의 하숙집에 머물면서 헝가리와 체코슬로바키아의 배구경기를 관전했다. 올림픽 기념주화 같은 물품도 그때 입수했는데, 나중에 이 주화는 배구 연습 뒤 허기를 참지 못해 한 그릇 우동과 맞바꾸고 말았다.

　당시 옆 코트에서 연습하는 여자 배구부원 중 마음에 둔 아이가 있었다. 마음에는 들었지만, 말을 걸어볼 '계기'가 없었다. 어느 날 나는 작심하고 그녀에게 책 한 권을 건넸다. 여기에 쓰기도 창피한 일이지만, 그 책의 이름은 『나를 따르라!』おれについてこい! 였다. 도쿄올림픽에서 '동양의 마녀들'이라 불렸던 니치보가이츠카ニチボー貝塚 배구부의 감독 다이마츠 히로부미大松博文가 쓴 책이었다. 소위 '스포츠 근성'이라는 것을 과장해서 강조한 책이라 말할 수 있을 것이다. 이 글을 쓰는 중에 잠깐 조사해보았더니 이 책은 1963년, 즉 내가 중학교 1학년 때 발행되어 도쿄올림픽을 전후로 50~60만 부가 팔린 베스트셀러였다고 한다.

　왜 하필 그런 책을 골랐던 것일까? 내가 해놓고도 '이해하기 힘든 감정' 때문이었다는 것 외에 달리 설명할 길이 없다.

초등학교 시절 운동능력 면에서 나는 최하위 그룹에 속해 있었고, 스스로도 그러한 사실을 절실하게 느끼고 있었다. 어느 해 운동회 50미터 달리기 경주에서 맨 꼴찌로 달리고 있던 나는, 우리 뒤에 출발한 다른 조의 선두주자에게 당장이라도 추월당할 형편이 되었다. 그러자 "어이 거기 너, 그만 됐어. 이제 더 달리지 않아도 괜찮아"라는 선생님의 호령이 떨어졌고, 나는 결승선을 코앞에 두고서 레인 밖으로 끌려 나와야 했다. 그렇게 중도하차한 상태로 나는 돗자리를 펴고 운동회를 구경하는 가족에게 짐짓 별일 아니라는 듯 어슬렁어슬렁 걸어갔다. 그런데 화가 나셨던지 아니면 어이없다고 생각하셨던지 눈가에 눈물이 가득 맺힌 어머니가 "괜찮아, 괜찮다니까" 하시며 나를 꼭 안아주셨다. 그 때문에 도리어 모처럼 부린 오기가 눈 녹듯 풀어져 그만 울음을 터뜨릴 뻔했다.

킨카쿠지까지 달리는 동계마라톤에서는 총거리의 20~30%도 달리지 못한 지점에서 낙오하고 말았다. 우리 반에서 6단 뜀틀을 넘지 못하는 아이는 나와 사카모토라는 친구 둘뿐이었다. 그러던 어느 날 이 사카모토가 방과 후 맹연습을 거듭하더니 끝내 내 눈앞에서 6단 뜀틀을 훌쩍 뛰어넘게 되자 나는 배신을 당한 듯 씁쓸한 외로움마저 느꼈다.

하지만 나는 당시 비교적 부유층 아이들이 다니던 가쿠게이대학의 부속 중학교에 입학하면서부터, 나 자신이 어느새 서서히 운동능력 최하위선을 벗어나고 있다는 사실을 감지하게 되었다. 특히 체육대회 단거리경주에서 3등에 입상했던 일은 잊으려야 잊을 수가 없다. 원래 6인 1조로 달리는 시합이었는데, 우리 조에서 가장 빠른 두 친구가 부정출발로 실격 처리되어서였긴 했지만 말이다. 그러나 나보다도 느린 친구가 한 명 있었고 어쨌거나 3등 입상이라는 사실에는 변함이 없었다. 내 인생에서 처음 있는 일이었다. 하지만 나는 고작 그런 일 하나 가지고 기뻐한다는 사실을 친구들이 눈치채지 않도록 고심했다. 이는 우리 학교 학생들의 운동능력이 그만큼 떨어진다는 증거였지만, 상대적으로라도 최하위 그룹에서 벗어나기 시작한 나는 어쨌든 조금씩 열등감에서 해방되고 있었다.

그렇게 해서 배구부에 들기도 하고 또 올림픽 관람에 나서기도 했던 것이다. 그러던 과정에서 원래 '스포츠 근성' 같은 세계와 전혀 동떨어진 지점에 머물던 나의 감수성이 어느새 '스포츠 근성'적인 미의식에 젖어들게 된 것은 아닐까?

나는 내가 운동능력에 대한 열등감에 대한 반발의 표현으로, 독서에 대한 오만한 자부심을 품고 있었다고 생각한다. 실제로 내 안목에서 판단하자면, 그때까지 이야기를 나누던 주위 친구들은 독서에서만큼은 아직 유치한 단계에 머물러 있었다. 물론 그 대상은 대부분은 남학생들이었지만.

그녀가 책을 좋아한다는 사실은 풍문처럼 내 귓전으로 흘러들었다. 그래서 더욱 그녀에게 마음을 두고 있던 터였다. 그러나 그녀가 어떤 책을 좋아하는지에 대한 정보는 없었다. 아무래도 그녀와 내가 모두 배구를 하고 있으니까, 지나치게 어려운 책보다는 『나를 따르라!』 정도가 말을 건넬 계기를 만드는 데 가장 적당하리라 생각했을 것이다. 그때 난 그렇게 판단했다. 하지만 안이한 생각이었다. 아무런 근거도 없이 그녀를 얕잡아보았던 것이다. 결국 내 생각은 지독히 어린애다운 것으로 드러났다.

머칠이 지나고 책을 돌려받을 때 내가 "재미있었니?" 하고 묻자, 그녀는 당혹한 웃음을 띠며 말없이 고개를 가로저었다. 빌려준 책에 대한 답례였을까. 그녀도 나에게 빛바랜 낡은 책 한 권을 빌려주었다. 책을 건네받은 이상 거절할수는 없다. 그렇게 생각하고 즐거운 마음으로 받아들었는데, 그것은 니지마 조의 저서였다.

니지마 조? 나는 그가 누구인지조차 몰랐다. 다이마츠 히로부미 대 니지마조라니…… 이 무슨 대조적인 그림이란 말인가!

예상치도 않게 나는 나의 유치함을 죄다 드러내버린 꼴이 되었고 가슴에는 쓰라린 상처가 남았다. 그런 일이 있고 난 후 나는 이따금 그녀와 책을 서로 빌려주는 사이가 되었는데, 첫출발에서 잃어버린 점수를 만회하기 위해 나는 내안에 있는 어른스러운 면모를 그녀 마음에 각인시키려고 조급해졌다.

그녀가 초등학교 시절에 애독했다는 가와바타 야스나리川端康成의 『이즈의무희』伊豆の踊子는 나 역시도 읽은 터였다. 하지만 '요즘 마음에 드는 작가는 오카모토 가노코岡本かの子[12]'라는 얘기를 듣게 되자 더이상 말을 이을 수 없었다. 그녀가 "붉은 꽃 입에 물고 거리를 나서면, 필경 두려움은 없으리라"는 등의 구절을 읊조린들 나로서는 도무지 갈피를 잡을 수 없는 소리로만 들렸다.

그녀와 책 이야기를 할 때마다, 나는 열등감에 사로잡혔다. 그런 이유 때문에 더 안간힘을 다해 책을 읽었다. 그러나 책이라도 읽는다면 그나마 괜찮았다. 목록이나 겉표지만 알고 있는 책들을 마치 실제로 읽은 듯이 얘기를 하기도 했고, 그러다 허점이 드러날라치면 앞뒤 조리를 맞추기 위해 집으로 돌아와 허둥지둥 그 책을 찾아 읽기도 했다.

다종다양한 새 개념과 어휘를 만나고, 마른 땅이 수분을 빨아들이듯 이를 흡수했던 것도 그즈음이다. 이때 나는 '허영'이니 '자기혐오'와 같은 단어들을 내 소유로 만든 뒤, 끊임없이 자신을 향해 쏘아붙였다.

처음으로 그녀의 집에 놀러갔을 때, 현관을 들어서는 순간 오래된 문학전집이 책장에 빼곡히 꽂혀 있는 광경에 나는 그만 눈을 빼앗기고 말았다. 단지 남에게 보이려고 장식해놓은 책이 아니라는 사실을 단박에 알 수 있었다. 그녀의 모친은 다카야스 구니요高安國世[13] 일문一門과 연결된 시인이었다. 사립 고등학교에 다니는 그녀의 오빠는 학교 신문사 소속으로, 친구들이 이따금 그 집에 모여서 문학이나 시사문제에 대한 의견을 나눈다는 얘기도 전해 들었다.

우리 집에는 제대로 갖춰진 문학전집 같은 것은 전무했다. 그 이유를 단적으로 말하면, 양친께서 책 따위를 읽지 않으셨기 때문이다. 책이 집에 많이 있긴 했지만 그것들은 기껏해야 모두 형들이 한 권 한 권 더듬어가며 구해다놓은 잡다한 책들의 집합에 지나지 않았다. 말하자면 우리 집의 독서 전통은 우리 형제 대代에서 이제 막 시작되었던 것이다. 그런데 그녀의 집에는 대대로 이어져 내려온 '문화'의 향기가 충만해 있었다. '중산층'이라는 말도 그때 익힌 단어였으리라 기억하는데, 난생처음 중산층 가정의 심오함과 맞닥뜨린 느낌이었다.

물론 어른이 된 지금은 '문화'니 '중산층'이니 하는 말들을 그렇듯 간단하게 정의하지는 않지만, 열두어 살에 불과했던 당시의 나는 그렇게 생각했다. 나는 그것을 격렬히 선망하면서도 샘을 내며 질투했다. 동경과 적개심이 거세게 부딪치며 공존하는, 도무지 종잡기 어려운 감정이었다. 그런 나 때문에 필시 난처하고 당황했을 그녀는, 나에게 있어 그 같은 사춘기 시절의 격정을 투사할 유일하고도 구체적인 대상이었다.

우리 둘은 거실에 자리를 잡은 뒤, 다시 책 이야기를 나누었다.

"너 혹시, 토마스 만Thomas Mann의 『마의 산』Der Zauberberg이라는 책, 알고 있니?"

그녀의 질문을 받은 나는, 몸을 움츠리며 애매한 표정으로 고개를 끄덕였다. 작은형이 추오코론샤에서 '세계의 문학' 시리즈로 나온 빨간 표지의 책을 읽던 모습은 확실히 본 기억이 났지만, 내가 읽은 것은 아니었다. 모른다고 대답하자니 어쩐지 비위에 거슬렸다. 그렇다고 해서 안다고 대답하면 책 내용으로 이야기가 번져 괜히 난처해질 게 뻔했다.

"저기, 나 있잖아……."

그녀는 천진난만한 어린아이처럼 말을 이었다.

"그 책만큼은, 읽고 싶은 마음이 영 들질 않아."

이 말을 들은 나는 완전히 기세가 꺾이고 말았다. 나는 그 책을 읽지 않았다는 이유로 그녀에게 경멸당하지 않으려고 필사적이었기 때문이다. '읽었다'고 그녀가 자만해주었더라면 나로서도 그럭저럭 참아낼 수 있었을 텐데. 그런데 그녀는 그 책만큼은 읽을 마음이 들지 않는다고 말하는 것이다. '……만큼은'이라고 할 수 있었던 것은 그만큼 책을 많이 읽고 있었기 때문이리라. 당장 현관 서가에 꽂힌 문학전집쯤은 거의 독파했을 게 분명했다.

집으로 돌아와 재빨리 형이 읽던 『마의 산』을 손에 쥐었다. "넌 이 책 읽을 마음이 없다지만, 여차여차하고 이러저러해서 난 재미있게 읽었단다." 이 말을 꼭 그녀에게 전하고 싶었다. 하지만 책을 읽기 시작하자마자 죽고 싶을 정도로 지루해져버려, 곧바로 내팽개치고 말았다.

　고등학교에 들어간 후 나는 문예부 동아리에 들었는데, 그녀 역시 나와 같
은 동아리의 회원이었다. 여름방학때 묘신지妙心寺[14]의 방 한 칸을 빌려 독서토
론회를 개최한 일이 있었다. 여기서 다룬 내용은 나카지마 아츠시中島敦[15]의 「이
릉」李陵과 토마스 만의 『토니오 크뢰거』Tonio Kröger 두 작품이었다. 『토니오 크
뢰거』는 재미있게 읽었는데, 토론이 『마의 산』으로 발전될 것을 우려한 나는 그
에 만족하지 못하고 토론회에 앞서 다시 한 번 『마의 산』에 도전했다. 하지만
결과는 어이없게도 실패로 돌아갔다. 그런 상처가 있었던 탓에 나는 독서토론
회 당일날 오로지 「이릉」에 대해서만 발언했다.

　이 책은 언젠가 꼭 정복하리라 생각하면서도 대학 시절에도 끝끝내 읽을 수
없었다. 그것이 계속 마음에 걸렸던지 '병원에 입원이라도 해서 짬이 생기
면……' 하고 생각하고 있었다. 그러던 차에 대학을 졸업한 지 5~6년이 흘렀
을 때, 마침 건강이 좋지 않아 3개월쯤 병원에 입원해야 할 신세가 되었다. 『마
의 산』을 읽기에 병상만큼 알맞은 장소가 달리 또 있을까? 절호의 기회가 찾아
왔다고 생각한 나는 다시 상하 두 권, 약 1300쪽에 달하는 신초샤新潮社 책을 구
입했건만, 3분의 1도 채 읽지 못하고 또다시 좌절하고 말았다. 그나마 번역자인
다카하시 요시타카高橋義孝[16]의 해설문 정도는 읽었는데, 그 글에 "이 소설에는
'절정'絶頂이라 부를 만한 곳이 없다"고, 다른 모든 교양소설Bildungsroman의 사

례와 마찬가지로 『마의 산』 역시 "본질적으로 끝나지 않을 듯한 그 무엇을 묘사하고 있다"고 씌어 있었다. 그때 이후로 나는 더이상 『마의 산』에 도전하지 않았다.

*

몇 년 전 스위스의 세간티니미술관Segantini Museum을 방문하는 도중에 다보스Davos를 지나치게 되었다.

'다보스?' 그때 갑자기 다보스라는 지명이 가시처럼 목에 걸렸다. 왜일까? 불현듯 다보스가 『마의 산』의 무대였다는 사실이 떠오른 것이다. 내가 이 장소를 지나리라고는 꿈에도 생각지 못하고 까맣게 잊고 있었는데, 어느 날 문득 정신을 차리고 보니 그 다보스에 와 있는 것이다. 작가 토마스 만은 요양소에 입원한 아내의 수발을 들면서, 이곳에 3주 동안 머물며 『마의 산』을 착상하고 작품을 완성하기까지 12년의 세월을 보냈다고 한다.

눈 깜짝하는 사이 다보스를 뒤로하고, 냉랭한 고원의 대기를 헤치고 생모리츠St. Moritz를 향해 급히 차를 모는 동안 "나……, 그 책만큼은, 읽고 싶은 마음이 영 들지 않아"라던 소녀의 말이 귓전에 다시 울렸고, 그때 그녀의 표정까지도 바로 어제의 일처럼 떠올랐다.

그 시절의 나는 왜 모든 일에 그렇게도 과도한 의식으로 대했던 것이며, 또 사사건건 거북살스러워했던 것일까? 도대체 왜 자신의 친근한 감정과 그리워하는 감정에 자연스러울 수 없었던 것일까?

눈 깜짝할 사이 저 답답하고 안타깝던 지난날에서 어느덧 30년이라는 세월이 흘렀다. 나의 사춘기는 벌써 저 멀리 떠나간 것이다. 그러나 『마의 산』을 정복하지 않는 한, 나는 언제까지고 사춘기 때의 번민을 떨쳐버릴 수 없을지도 모르겠다. 나에게 『마의 산』은 사춘기 콤플렉스의 상징이요 끝까지 등정할 수 없었던, 영원한 미답의 봉우리와도 같은 존재이다.

끝 내 읽 지 못 한 책

63

1. 1912~1980. 산악소설가. 기상청에 근무하며 소설을 썼다. 작품에
「영광의 암벽」榮光の岩壁과 나오키상 수상작인 『세르파 인의 일생』 등이
있으며 그의 작품은 대부분 영화로 만들어졌다.

2. 1921~1985. 프랑스 마르세유에서 태어난 등반가.

3. 1934년 영국 출신의 히말라야에 능통한 등산가·사진가·작가.
아이거 북벽 등정을 여섯 번 시도한 끝에 성공했다.

4. 일본의 국립공원 북알프스를 가리킨다.

5. 작품으로 「마작방랑기」麻雀放浪記와 나오키상 수상작인 「이혼」離婚,
「광인일기」狂人日記 등이 있다. 패전 후 몇 년간을 도박으로 보냈다고 한다.
앞서 나온 대로 마작소설을 쓸 때는 아사다 데츠야라는 필명을 썼다.

6. 소설가·극작가. 본래 공무원이었으나 「착란」錯亂으로 나오키상을 받은 후
본격적으로 작품 활동을 시작했다. 대표작에 「검객장사」劍客商賣 연작이 있다.
미식가이자 영화평론가이기도 하다.

7. 일본의 대표적인 시대소설 작가. 1971년 「검푸른 바다」溟い·海로 문단에 데뷔,
「암살의 연륜」暗殺の年輪으로 나오키상을, 「하얀 병」白き瓶으로 요시카와에이지문학상을 받았다.

8. 소설가. 고쿠도샤國土社와 가와데쇼보河出書房에서 편집자로 일하기도 했다.
대표작인 「에브리만 씨의 우아한 생활」江分利滿氏の優雅な生活은 나오키상을
받았고 이후 영화로도 만들어졌다.

9. '청공'靑空 동인이었으며, 예민하고 섬세한 감수성으로 특이한 심상의 풍경을 뛰어난
단편으로 표현한 소설가로 평가받는다. 첫 작품집 『레몬』을 간행한 이듬해 사망했다.

10. 극작가·평론가. 희곡 「출가와 그 제자」에서는 구도적 작가의 모습을 보여주다가 백화파와
교류하면서 사회문제에 관심을 갖게 되었다. 만년에는 초국가주의적 성향을 보이기도 한다.
작품에 희곡 「슌칸」俊寬과 평론집 『사랑과 인식의 출발』愛と認識との出發이 있다.

11. 이 책에 실린 글들은 저자가 1980년대 중반에서 1990년대 중반에 걸쳐 쓴 것들이므로

집필 시기가 서로 약간씩 다르다.

12. 1889~1939. 여류 소설가 · 전통시인. 불교연구가로도 널리 알려져 있다.

13. 독일문학자 · 릴케 연구자. 에도 시대부터 이어온 의사 가문 출신이다. 단가잡지
『탑』塔을 창간했고, 전통시집 『진실』眞實, 『허상의 비둘기』虛像の鳩 등이 있다.

14. 교토에 소재한 선사. 1337년 창건되었고 '오닌의 난' 應仁の亂 때 소실되었다가
도요토미 히데요시의 지원을 받아 에도 초기에 지금의 모습으로 복원되었다.
근세 선종 가람伽藍의 전형이라는 평을 받는다.

15. 소설가. 「이릉」을 비롯하여 격조 높은 한문풍의 「산월기」山月記,
「명인전」名人傳 등으로 유명하다.

16. 괴테와 카프카 등의 작품을 일본어로 번역한 독일문학 번역가.

희망이란

루쉰의 「고향」

루쉰魯迅

의 「고향」故鄕을 읽은 것이 언제쯤이었을까? 확실히 기억나지 않는다. 하지만 그 마지막 부분의 몇 행은, 마치 식물이 모근에서 빨아들인 자양분처럼 아주 오랜 옛날부터 내 몸 세포 하나하나에 스며들어 숨쉬고 있다.

생각해보면 희망이란 본래 존재한다고도, 존재하지 않는다고도 할 수 없다. 희망은 대지 위에 난 길과 같다. 애초부터 땅 위에 길이란 없다. 걷는 사람이 많아지면 자연히 그곳이 길이 되기 때문이다.

기억의 저 심연을 더듬어보면, 사스마타刺叉[1]를 손에 쥔 룬투閏土[2] 같은 소년의 모습이 어렴풋이 뇌리에 떠오른다. 그게 교과서였던가? 아니면 다른 아동용 책이었던가?

루쉰의 「고향」을 처음 읽었을 때 곧바로 다카무라 고타로의 「도정」道程을 연상했던 기억으로 미루어보아, 아마 중학교 2학년 때쯤이었을 것이다. 아니면 「고향」을 배웠을 때 선생님이 「도정」과의 유사성을 지적했었는지도 모를 일이다. 「도정」의 첫머리는 "내 앞에 길은 없다 / 내 뒤에 길이 생긴다"라는 구절로 시작한다.

두말할 나위도 없지만, 이 두 작품의 내용에 담긴 사상은 정반대라 할 정도로 다르다. 그러나 솔직히 중학생인 내가 그런 문제를 명확히 이해했을 리 없다. 그때 나는 아직 '암흑'을 몰랐고, '희망'이라는 것 역시 피상적으로만 이해할 뿐이었다.

「고향」을 시작으로, 조금씩 루쉰의 작품들을 읽었다. 당시 읽은 작품은 집에 있던 다케우치 요시미竹內好[3] 번역의 이와나미 문고판 『아Q정전·광인일기』阿Q正傳·狂人日記였다. 이 책에는 「후지노 선생」藤野先生이 수록되지 않았다. 그런데도 당시 「후지노 선생」을 읽은 기억이 나는 걸 보니 이 작품 역시 아마도 수업 시간에 다루었던 것 같다. 단, 사제 간의 정을 강조하는 교훈조로 비틀어서 말이다.

「아Q정전」은 온전히 이해하지 못해 재미가 없었고 「공을기」孔乙己 같은 작품도 그다지 친숙하지 못했던 모양이나, 「광인일기」를 읽을 때는 이상하리만치 강렬한 인상을 받았다. 편애가 아닌가 싶을 정도로 반복해서 읽었기 때문에, 본문 속 쉬시린徐錫林[4]에 달린 주注에, '판아이농'范愛農[5]의 '范'을 '苑'으로 잘못 써 놓았던 사실까지 또렷하게 기억에 남아 있다. 이 오자는 1981년 개정판이 출간될 때 수정되었는데, 그때는 심지어 약간의 아쉬움마저 들었다.

"사람을 잡아먹어보지 못한 아이가 아직 있을까? 아이를 구해야 해······"라는 마지막 문장을 그때의 나는 이미 어린아이가 아닌 어른 입장에서, 다시 말해 아이를 구해야 한다는 입장에서 읽고 있었는데, 그래도 여전히 "사람이 사람을 잡아먹는다"는 말이 무슨 뜻인지 온몸으로 절절히 느끼기에는 턱없이 어린 나이였다.

『납함』吶喊「자서」自序도 이 책에서 읽었다. 재일조선인이라면, 백이면 백 모두가 그랬을 테지만, 내 마음을 사로잡은 장면 역시 '슬라이드 사건'[6]이 등장하는 대목이었다.

내가 중학교 2학년이던 1964년, 그해 봄은 '한일협정' 체결 전야로 한국·일본 양국에서 모두 이 협정 체결에 반대하는 운동이 치열하게 벌어지고 있었다. 일본에서야 어찌됐든 한국에서 한일협정 비준을 반대하는 세력들이 내세웠던 가장 중요한 반대의 이유는, 과거 식민 지배에 대한 역사적 책임을 일본이 유야무야 얼버무리려 한다는 것이었다. 사실 사토 에이사쿠佐藤榮作[7] 수상은 국회 연설에서 "한일병합은 당시 국제법에 비춰보더라도 합법"이라 답변하기도 했다. 그 밖에도 한반도 분단을 고착시킨다거나 재일조선인의 법적 지위를 부당하게 규정할 수 있다는 등, 여기서 굳이 자세하게 쓰지는 않겠지만 한일협정 체결에 반대해야 할 이유는 많았다.

이해 도쿄에 소재하는 대학에 갓 입학한 둘째형은 민단계 재일한국인 학생 단체에 가입하여 한일협정 체결 반대 운동에 몸을 담고 있었다. 형은 일본을 방문한 외무장관에게 계란을 투척하려고 주머니 속에 날계란을 숨기고 대표단이 묵을 호텔 부근을 어슬렁거리다가 경찰에 연행되기도 했다. 그때 형은 자신을 취조하던 외무과 소속 경찰의 한국어 실력이 자신보다 훨씬 뛰어나다는 사실에 충격을 받았다는데, 이 경험은 훗날 둘째형이 한국 유학을 선택한 간접적인 이유가 되기도 했을 것이다.

한편 셋째형은 한국의 전국체전에서 초대장이 날아올 만큼 전도유망한 기계체조 선수였다. 그런데 그해 고교 2학년이 되자마자 돌연 체조를 그만두고 말았다. 까닭을 물어보니 그저 "운동 따위를 계속하다가는 결국 바보 같은 인간이 되고 말 거야" 하는 대답이 돌아왔다. 칼로 무 자르듯 선수생활을 그만둔 셋째형은 '조선문화연구회'라는 동아리에 가입하여 열성적으로 활동했다.

이런 형들의 영향 아래, 나는 지리시간에 일본의 조선 식민 지배에 대한 긴 발표를 자원한 적도 있다. 두 형의 가르침을 받으며 시간과 공을 들여 준비한 발표였다. 또 거창하게 말하면 그것은 일본인들 틈바구니에 끼인 단 한명의 조선인으로서 내가 나 자신의 존재를 증명하려 했던 최초의 시도이기도 했다.

그런데 우등생 N군이 완강한 논적으로 등장했다. N군은 '일본은 조선에 철도를 놓아주었고 공장도 지어주는 등 은혜를 베풀었다. 또한 일본이 아니었더라면 러시아가 조선을 지배했을 게 불을 보듯 뻔하다'는 식의 판에 박힌 반론을 제기했다. 제7차 한일회담에 일본 대표로 나온 다카스기 신이치高杉晋一가 내뱉은 망언[8]과 똑같은 내용이었다.

바로 곁에 이런 논리를 펼치는 사람이 있다는 사실 자체가 나에게는 커다란 충격이었다. 게다가 N군은 아마도 그의 아버지나 다른 누군가에게서 평소 일상적으로 듣고 있었을, 보통의 중학생이라면 잘 알 수 없는 수치나 지명을 마치 장기 자랑이라도 하듯 늘어놓았다. N군은 지금 모 국립 대학의 교수가 되어 있다고 하는데, 여하튼 우등생이었기 때문에 다른 학생들에게 끼치는 영향력도 대단했다. 선생님은 선생님대로 그저 애매모호한 웃음을 흘리고 있을 뿐이었다.

그리고 그 사건은, 지배하는 자의 저 후안무치한 변명이 공기처럼 혹은 물처럼 어린아이들에게까지 스며들고 있다는 현실을 나에게 깨우쳐주었다. 비록 어린아이일지라도 이런 아이는 "사람을 잡아먹고 있는" 것이다.

루쉰의 슬라이드 사건, 그것은 크든 작든 나 자신의 경험이기도 했다. 어두컴컴한 교실 안, 일본군에 참수되는 중국인의 모습을 과시하듯 투사하는 영사기, 그리고 거기에 야비한 갈채와 환호를 던지는 일본인 학생들 틈바구니에서 청년 루쉰은 그 얼마나 외로이 굴욕과 비분을 삼키고 있었던 것일까. 그런 상황과 비분, 나아가 침략전쟁의 승리를 자랑하는 수많은 일본인들을 향한 혐오와 거부의 감정. 이에 대한 통찰을 전제로 읽는다면 「후지노 선생」은 단순히 미담이나 훈계조로 끝날 리 만무하다. 그리고 이런 관점에서 읽을 때만, 여전히 후지노 선생의 인격을 인정하고 존경했던 인간 루쉰의 도량이 얼마나 넓은지, 사람과 사람 사이의 참다운 교제가 얼마나 어려운 것인지를 어렴풋이 깨달을 수 있는 것이다.

도쿄대학東京大學 야스다강당安田講堂이 점거되던 1969년, 나는 도쿄의 와세다대학早稻田大學에 진학했다. 대학은 1년 동안 바리케이드로 봉쇄되었고 수업은 전혀 이루어지지 않았다. 나 역시 학내 민단계 재일한국인 동아리에 가입하면서 갑작스레 '출입국관리법안 반대 운동'이라는 소용돌이 속으로 휘말려 들어갔다. 오사카大阪에서 1만 5천 명이나 되는 재일조선인들과 더불어 데모행진을 벌이던 당시의 그 고조된 분위기는 지금도 생생하다. 그때는 내가 대학생활에서 기대하고 있던 것이 바로 이것이라고 여겼다. 하지만 그렇게 생각한 기간은 아주 짧았다.

그즈음 사회적으로 '혈책血責의 사상'이라는 문제가 화두가 된 적이 있었다. 일본은 피를 흘려서라도 아시아 침략과 식민 지배에 대한 책임을 물어야 한다는 의미이리라. 이 말을 맨 처음 꺼낸 사람이 누구인지는 모르지만, 그 출전은 루쉰의 「꽃 없는 장미 2」無花的薔薇之二이다.

먹으로 쓴 거짓은 피로 쓴 진실을 감출 수 없다. 혈책은 반드시 똑같은 방식으로 갚아야만 한다.

같은 대학에서 1년인가 2년 위의 양정명 씨가 문학부 건물 앞 아나하치만六八幡 신사[9]에서 분신자살을 했던 것도 그즈음의 일이었다. 양정명 씨는 재일조선인 2세였는데, 어린 시절 일가가 모두 일본으로 귀화했다고 한다. 당시 그는 러시아문학을 공부하겠다는 일념 하나로 도쿄로 상경, 야간부를 다니며 주경야독하고 있었다. 빈곤과 차별 속에서 허덕이고 또 조선인이라는 출신 때문에 쓰라린 실연失戀을 겪기도 했지만, 몸과 마음에 때를 묻히는 일은 없었다. 나와는 일면식도 없는 상태였지만, 내가 속해 있던 동아리로 그가 먼저 다가온 적도 있었던 것 같다. 그러나 우리 동아리는 그를 포용할 수 없었다. 너무나 진지했던 탓에 양정명은 일본인 학생운동의 소모전 속으로 스스로 휘말려 들어갔다.

하지만 그의 자살의 의미는 곧바로 학내 항쟁 속에서 변질되고 말았다. 어떤 분파는 조선인의 이름을 사칭한 모략 전단까지 뿌려가며 그의 죽음을 이용하려 들었다. '이'李로 서명해야 할 것을 '계'季로 쓰는 등, 조선인이라면 저지를 리 만무한 오기誤記가 있었건만, 아마 일본인 학생 중에는 이 전단에 속아 넘어간 이들도 있었으리라. 이 역시 "먹으로 쓴 거짓"의 하나였고, "사람을 잡아먹는" 일의 하나였다. 그러나 당시는 우리 조선인들조차 세상을 떠난 양정명 씨를 제대로 조문하지 못한 채였다.

이렇듯 어수선한 와중에, 내가 대학 3학년이 되던 1971년 봄, 한국에 유학 중이던 둘째형과 셋째형이 한국 정부에 체포되었다. 나는 그 사실을 "학원에 침투, 학생 데모를 배후에서 조종한 스파이 체포되다"라는 제하의 신문기사를 통해 처음 알았다.

야스다강당이 점거되던 1969년, 나는 대학에 진학했다.

대학은 1년 간 **바리케이드**로 봉쇄되었고 수업은 전혀 이루어지지 않았다.

나 역시 학내 재일한국인 동아리에 가입하면서 갑작스레 출입국관리법안 반대 운동이라는

소용돌이 속으로 휘말려 들어갔다.

신문기사를 부여잡은 채 주위에 있던 친구들에게 차비를 빌려 양친이 계신 교토로 되돌아온 나는, 그 후 거의 학교를 다니지 않게 되었다.

그 뒤부터는 두 형을 위해 정신없이 뛰어다녔다. 하지만 재판이 종결되고 두 형이 각각 무기형과 7년형을 언도받고 수감되자 형들을 위해 내가 할 수 있는 최소한의 일마저 사라지고 말았다. 그러나 아무것도 할 수 없던 중에도, 형들이 어두컴컴한 독방에 갇혀 때때로 모진 고문을 당하고 있다는 사실은 단 한 순간도 잊을 수가 없었다.

그럭저럭 1년 늦게 대학을 졸업하기는 했지만, 재일조선인의 취직은 간단한 문제가 아니었다. 게다가 두 형의 사건까지 겹쳐 취직할 생각은 아예 할 수가 없었다. 또 지도교수의 권유가 있기는 했지만 대학원에 진학하여 학문연구에 집중하기란 더더욱 불가능한 상황이었다. 형들의 옥중생활이 길어지면서 나 역시 어떻게 처신해야 할지 점점 곤란해졌고, 결국에는 아무 일도 못 하게 되었다.

그즈음 나는, 루쉰이 일생동안 부대꼈을 '암흑'에 나 역시 몸을 담그고 있는 심정이었다. 그리하여 「'분'의 후기」墳之後記, 「꽃 없는 장미」, 「망각을 위한 기념」爲了忘却的記念, 「심야에 쓰다」寫于深夜里, 「어떻게 쓸 것인가 ― 밤의 기록 1」怎麼寫 등을 읽고 또 읽었다.

대학을 졸업하고 3~4년이 흘렀을 무렵, 나는 어느 지방 도시의 파친코 가게에서 수습사원으로 일하고 있었다. 한때는 마작장에서 주임 같은 일도 했다. 나는 곧 그 방면에 전혀 재능이 없다는 사실을 깨달았지만, 그렇다고 다른 대안도 없었다. 고통 속에서 하루를 끝내고 파친코 가게 2층 숙소에서 우울하게 옆으로 웅크려 누웠을 때에도 이따금 루쉰의 글을 읽었다.

사실 전사戰士의 일상생활이란, 결코 하나에서 열까지 모두 노래하고 울 일만 있는 것은 아니다. 그렇다고 해서 또 노래하고 울어야 할 것과 무관한 일도 없다. 이렇게 살아가는 것이야말로 진정한 전사의 삶이다.

인용한 글은 「이것도 생활이다」這也是生活에 나오는 한 구절이다. 나는 "이것도 생활"이라며 수없이 나 자신을 향해 되뇌었던 것이다.

그때까지 띄엄띄엄 읽고 있던 『양지서』兩地書[10]를 처음 끝까지 통독했던 것도 파친코 가게의 숙소에서였다. 1978년 치쿠마쇼보筑摩書房에서 총서로 나온 책이었다. 루쉰이 쉬광핑許廣平에게 보낸 첫번째 편지 「갈림길」 속의 일화를 인용해 교토의 내 오랜 친구에게 편지를 보낸 일을 지금도 기억한다.

하지만 나는 울지도, 뒤돌아서지도 않습니다. 일단 갈림길에 앉아 잠시 쉬거나, 아니면 한숨 잠에 듭니다. 그러다 걸어갈 만한 길을 골라 다시 발걸음을 내딛습니다. (······) 길을 가다가 혹여 호랑이라도 만난다면, 나는 나무로 기어올라갑니다. 그리고 호랑이가 주린 배를 달래다 못해 자리를 떠나간 뒤 나무에서 내려옵니다. 만일 호랑이가 끝까지 그 자리를 지킨다면, 나 역시 나무 위에서 굶어죽을 때까지 기다립니다. 그 앞에서 나무에 내 몸을 끈으로 꽁꽁 묶어두고 시체가 될지언정, 절대 호랑이에게 내 몸을 주지 않겠습니다.

나는 이 대목을 당시 불행의 밑바닥을 허우적거리고 있던 한 여자에게 보냈다. 그러나 그것은 동시에 인생의 갈림길, 기로에 서서 어쩔 줄 모르고 있는 나 자신을 향한 위로와 격려이기도 했다.

형제들이 제각기 읽었던 때문일까, 우리 집에 있는 루쉰의 책들은 종류가 다양했다. 앞서 언급한 이와나미 문고판을 시작으로 오카모토 류조岡本隆三가 번역한 아오키쇼텐靑木書店 문고판 『루쉰 선집』魯迅選集, 다카하시 가즈미高橋和巳[11] 번역의 추오코론샤 문고판 『납함』吶喊이 있었고, 또 다케우치 요시미竹內好 한 사람의 번역으로 70년대 후반 치쿠마筑摩에서 출간한 『루쉰 문집』魯迅文集(전6권)은 옥중의 둘째형에게 넣어준 책이었는데, 지금은 무사히 되돌아와 나에게 있다.

이와나미의 『루쉰 선집』魯迅選集은 1956년의 구판과 신판 둘 다 있고, 특히 구판의 경우는 두 질이나 된다. 그 중 한 질은 대학에 들어가 중국문학을 공부하려 했던 여동생에게, 나의 불우했던 한 친구가 보내준 것이다.

내가 유달리 아끼는 책은 이와나미 구판 『루쉰 선집』의 별권으로 나온 『루쉰 안내』魯迅案內이다. 어떤 이유에서인지 신판에서는 이 별권 자체를 없애버린 탓에 지금은 이런 책이 있다는 사실을 알고 있는 이조차 드물다. 이 책에는 1955년 히로시마에서 열린 원자수소폭탄금지 세계대회 참석차 일본을 찾아온 쉬광핑을 배석시킨 좌담회와, 궈모뤄郭沫若[12]와 다케우치 요시미, 오가와 다마키 小川環樹[13]와 사토 하루오佐藤春夫[14] 등의 글이 수록돼 있다.

루쉰의 작품 중에서 딱 한 작품만 고르라고 한다면 나는 고민에 빠지고 만다. 앞에 든 작품 이외에도 『야초』野草의 「희망」希望이라든가 만년에 일본어로 쓴 「나는 사람을 속이고 싶다」我要騙人도 보태고 싶다. 그러나 루쉰에 대해 쓴 문장 중 한 편을 꼽으라고 한다면, 나는 주저하지 않고 이 『루쉰 안내』 속에 실린 나카노 시게하루中野重治[15]의 「어떤 측면」ある側面을 들 것이다.

1980년대 들어 두 형의 옥중생활이 10년을 넘기고 부모님께서도 차례로 세상을 떠나시자, 나는 조금씩 사람들 앞에서 얘기를 하거나 글을 쓰게 되었다. 그럴 때면 나는 루쉰을 언급했다. 예를 들면 「망각을 위한 기념」에서 백색테러로 쓰러진 청년 작가들에 대해 루쉰은 "나는 글을 씀으로써 내 몸을 흔들어 추스려 비애를 벗어버리고 가뿐해지고 싶었다. 분명히 말하지만 나는 그들을 완전히 잊고 싶었던 것이다"라고 쓰고 있는데, 그것을 나는 "이건 반어적 표현이 아니다. 마음속 저 밑바닥의 비분을 그대로 분출한 것이다. 루쉰은 정말로 잊어버리고 싶었던 것이다"라고 쓴 적도 있다.

　나중에 나카노 시게하루의 글을 읽어보니 "이는 말 그대로, 문자 그대로 받아들여야 한다고 생각한다"고 쓴 구절이 눈에 띄었다. "바로 여기서 그는 자신의 정치적 태도를 거의 서정시의 모습으로 결정했다"라고도 씌어 있었다.

　글의 첫머리에 인용한 「고향」마지막 부분에 대해서도 나카노 시게하루는 "왠지 모르게 사람들은 이 표현을 밝고 희망찬 언어로, 이를테면 다가올 밝은 미래를 긍정하며 걸음을 내딛는 자의 암시로 인용하고 있는 듯 보인다." 하지만 사실은 거기서 "희망이라 부르기에는 너무도 짙은 어두움과, 바로 그러한 암흑에서 필연의 힘을 얻어 날갯짓하려는 실천적 희망의 생생한 교착"을 독해해야 하지 않은가 질문한다. '루쉰의 어두움, 곧 암흑이야말로 숙독하고 애독해야 할 것이며, 우리는 바로 거기서 용기를 얻어야 한다'는 말이다.

　내가 감지하고 있던 문제를 나카노 시게하루가 너무도 적확한 언어로 표현하고 있던 까닭에, 나는 오히려 놀라고 말았다.

　아주 오래 전, 이 글을 읽고 까맣게 잊고 있던 기억이 어느 새 피와 살로 변해 있었던 것일까? 아니면 나 역시 나름대로 인생의 경험을 거듭해가며 '피를 목격하고 난 후' 마침내 루쉰의 '암흑'과 '희망'이라는 그 무엇인가를 조금은 알게 되었던 것일까?

　그렇다. 루쉰이 "희망이란 본래 존재한다고도 존재하지 않는다고도 말할 수 없다"고 할 때 그는 희망은 '없다'고 말하는 것이다. 그렇지 않으면 적어도 '거의 없다'라고……. 인간은 희망이 있기 때문에 걸어가는 것이 아니다. 인간이 걸어가는 이상, 희망이 없다고 단정할 수는 없다. 그것이야말로 진정한 '희망'이다.

나카노 시게하루는 이렇게 쓰고 있다. (루쉰을 읽노라면) "나도 선한 인간이 되리라. 어떻게 해서든 나 역시 올곧은 인간이 되리라", "'일신一身의 이해와 이기심을 떨쳐버리고 압박과 곤란, 뜻하지 않은 음모가들의 간계奸計와 만날지라도 그 모든 것들을 이겨내며 끝까지 전진하리라. 고립되거나 혹 포위돼 있을지라도 맞서 싸워나가리라'고 절로 생각하게 된다. 나도 그곳으로 간다."

나 역시 이 구절을 읽으면 항상 '참으로 시게하루다운 글이다' 하고 공감하게 된다.

1. 긴 막대 끝에 U자 모양의 쇠를 꽂은 무기, 에도 시대 범죄자의 목을 눌러 잡는 데 썼다.

2. 루쉰의 「고향」에 등장하는 인물.

3. 중국문학가·평론가.

4. 1873~1907. 중국의 혁명가로 상하이광복회에 참가하는 등 혁명에 참여했다. 치우진秋瑾(1875~1907) 등과 봉기를 주도했고 국민당에 체포되어 처형당했다.

5. 루쉰의 옛 친구이기도 하고 그를 회상하며 쓴 작품명이기도 하다.

6. 「후지노 선생」에 등장하는 이야기로, 러일전쟁 직후 러시아군의 스파이였던 어느 중국인이 일본군에 체포되어 처형당하는 장면을 루쉰이 일본인 학생들 속에서 유일한 중국인으로 지켜봐야 했던 사건을 가리킨다. 루쉰이 의학전문학교 2학년 때 있었던 일이며 이는 그가 의학도에서 문학도로 변신하는 계기가 된다.

7. 정치인. 1964년부터 1972년까지 일본자민당 총재직을 맡았다. 총리를 세 차례 연임하여 최장수 총리를 기록한 인물이며, 재임 기간이던 1965년 한일협정을 체결했다. 1974년엔 노벨평화상을 수상하기도 했다.

8. 한일회담에서 다카스기가 한 발언은 이렇다. "조선인들에게 일본어를 강제하고 창씨개명을 시킨 것은 모두 조선인들을 위한 호의에서 비롯된 일로, 결코 나쁜 일이 아니었다. 만일 일본이 조선을 20년 더 지배했더라면 조선도 좀더 괜찮은 나라가 될 수 있었을 텐데, 우리가 전쟁에 지는 바람에 우리의 노력이 허사가 되고 말았다. 안타깝기 그지없다."

9. 1636년 한 무사가 궁술 연습을 위해 과녁을 마련하고 궁시弓矢의 신인 하치만八幡을 모신 작은 사당을 세운 것이 신사의 기원이 되었다고 한다.

10. 루쉰과 그의 제자이자 훗날 아내가 된 쉬광핑이 주고받은 서한집. 1933년 간행되었다.

11. 1931~1971. 소설가·중국문학자. 전후문학의 영향 아래 작품 활동을 시작하여 전쟁과 종교, 정치 등의 문제를 다루며 지식인의 이상적 정신상을 추구했다. 대표작에 『우울한 당파』憂鬱なる黨派와 『사종문』邪宗門 등이 있다.

12. 1892~1978. 역사학자·시인·소설가·극작가. '창조사' 創造社 동인으로

작품을 썼으며, 중화인민공화국 성립 후에도 활동을 계속했다.

13. 중국문학자. 엘리트 형제로 유명한 오가와 다쿠지小川琢治 4형제 중 막내. 중국문학 전반에 탁월한 업적을 남겼고, 최근 『오가와 다마키 저작집』小川環樹著作集(전5권)이 발간되었다. 노벨물리학상을 수상한 유카와 히데키湯川秀樹가 그의 셋째 형이다.

14. 의업을 6대째 가업으로 이어온 명문가의 장남으로 태어났다. 어려서부터 여러 잡지에 글을 기고했고 1917년부터 초기 대표작들을 속속 발표했다. 1918년 다니자키 준이치로의 추천으로 문단에 데뷔하여 「전원의 우울」田園の憂鬱, 「아름다운 마을」美しき町을 발표하면서 주목을 받았다. "현대 일본 작가 중 여러 방면에서 문학의 가능성을 탐색했고, 실험적인 작업과 다채로운 작품을 남긴 작가"라는 평가처럼 그의 활동 영역은 시가·소설·희곡·평전· 수필·평론·동화·아동문학의 번역과 번안 등 지극히 다양했고, 또 '문제門弟 3천 명'이라는 말에서 알 수 있듯 일본문단에서 단연 두드러진 존재였다. 1935년 아쿠타가와상 제정 이후 전형위원으로 27년간 활동했으며, 만년인 1964년에는 도쿄올림픽의 찬가를 작사했다. 특히 다니자키 준이치로의 아내와 결혼한 일화는 유명하다.

15. 시인·소설가·평론가. 무로 사이세이室生犀星의 영향으로 예술적 서정성과 생활감이 넘치는 시를 발표하여 주목을 받았다. 재학 중 호리 다츠오堀辰雄와 함께 동인지 『노새』驢馬를 창간했다. 프롤레타리아문학 운동에도 적극 가담하지만, 투옥된 뒤로는 전향했다. 작품집으로 『나카노 시게하루 시집』中野重治詩集 등이 있다.

사라져가는 말 1

허남기 『조선의 겨울 이야기』

내가 다니던

교토 시립 초등학교에는 '민족학급'[1]이라는 수업이 있었다. 방과 후 조선인 학생 중에서 희망하는 아이들만을 한 교실에 모아놓고 조선어와 조선의 문화, 지리와 역사 등을 가르쳤다. 사회시간에 수업을 빠지는 대신 이 '민족학급'으로 출석하는 것도 인정되었다.

우리 학구學區의 남단에는 재일조선인들이 밀집해 거주하는 지역이 있었다. 대개 처음에는 그 주변의 민영철도 공사현장의 노동자로 일본에 건너온 사람들이 마침내 가족, 친지들과 더불어 정착해 살던 곳이다. 내 친할아버지 역시 그런 노동자들 중 한 분이셨다. 정확히 몇 명이나 살고 있었는지는 알 수 없지만, 여하튼 이 지역은 교토 역 뒤편의 '히가시 구조'東九條에 버금가는 조선인 밀집 거주지역이었다.[2] 아이들만 해도 조선 출신이 한 학급 50여 명 중 약 1할에 이르렀다. 한 학년에 여섯 학급이 있었으니 한 학년만도 약 30명, 학교 전체로 따지면 180명 정도가 되는 상당한 인원이라고 할 수 있다. 원래 우리 집은 같은 학구 내에서도 조선인들이 모여 사는 곳과는 반대편 북단에 위치한 관계로, 동네에서 조선인이라곤 우리 집뿐이었다.

민족학급의 교사는 조선대학교[3]를 졸업한 젊은 선생님이었는데, 학교에서 급여를 받지는 않았다. 조선인 민족단체가 주도한 활동이었기 때문에, 학교 측에서 소극적으로 협력했다고 하는 편이 실정에 맞을 것이다. 당시 민족단체의 활동은 지금보다도 활력이 넘쳤다. 그래서 이 같은 시도까지도 가능했던 것이다. 이런 민족학급 활동이 언제부터 시작됐는지, 언제 끝이 났는지 모르지만, 여하튼 지금은 시행되지 않고 있다.

희망하는 사람에 한한다고는 했으나 민족학급에 출석하는 학생의 수는 그리 많지 않았다. 아이들의 입장에서 보면 방과 후의 시간은 누가 뭐래도 마음 내키는 대로 놀고 싶게 마련이고, 그게 아니더라도 아이들이란 모두 남과 다르게 행동하는 데 커다란 저항감을 갖는 법이다. 게다가 일본식 이름을 사용하며 자신이 조선인임을 숨기고 있던 아이들이 대부분이었다. 조선인 학생이 많다고 한들, 어차피 9대1의 소수파에 지나지 않았다.

예를 들면 탁구에는 에지볼edge ball이라는 것이 있다. 탁구대 끝 모서리를 살짝 스치며 불규칙하게 떨어지는 공을 가리킨다. 에지볼은 노린다고 해서 칠 수 있는 공이 아니다. 이런 공은 대개 예상 밖으로 튕겨나가기 때문에 받아쳐내기가 거의 불가능하다. 그런 에지볼을 가리켜 학교의 아이들은 '조선커트'라고 불렀다. 상대의 스매싱을 받아치지 못했을 때에도 "야아, 치사하게. 조선커트잖아"라고 하거나 "자아, 내 공 한번 받아보라구. 이번엔 조선커트로 간다"라고 하면서.

이렇듯 '조선'은 만사가 공정하지 못한 것, 조잡한 것, 어딘지 뒤끝이 씁쓸한 것, 볼썽사나운 그 무엇을 가리키는 대명사였다. 그런 말들을 서로 재잘거리는 다수파 학생들에게 덤벼드는 용기란, 보통 아이들이 낼 수 있는 게 아니다.

그렇다고 덩달아 함께 웃으며 탁구에 흥을 돋울 수도 없는 일이어서, 조심스레 아이들의 이목을 피하며 애매한 표정으로 그 자리를 떠나는 것이 고작이었다.

4학년 때로 기억한다. 같은 반 S라는 친구가 금방이라도 울음을 터뜨릴 듯 풀 죽은 얼굴을 하고 있었다. 어찌된 일이냐고 묻자 '조얀'한테 호출을 당했다는 것이다. 그 당시 아이들 사이에서는 전신용傳信用 비둘기 사육이 유행했는데, S가 소중히 기르고 있던 비둘기에 '조얀'이 눈도장을 찍어두고 그 비둘기를 공원으로 가져오라고 했다는 것이다.

나는 S가 당한 불운에 진정으로 마음이 아팠지만, 이와 동시에 S의 말대로 당장 비둘기를 내놓아야만 하는 현실도 잘 알고 있었다. '조얀'한테 찍혀버린 이상, 그것은 마치 하늘이 내린, 저항할 수 없는 재앙이나 마찬가지여서 달아날 방도를 찾는다는 것은 불가능했다. 이는 전교생 모두가 공감하고 있는 묵계이기도 했다. '조얀'은 당시 열네 살인가 열다섯 살이었는데 우리 학교에 수하의 네트워크가 있었다. 또 우리는 그의 배후에 진짜 야쿠자들이 있을 거라고 굳게 믿고 있었다. 부모님이나 선생님께 울며불며 호소해 해결될 성질의 문제가 아니었다. 오래전부터 대대로 전해내려온 경험을 통해 우리 학교 학생이라면 모두 이를 잘 알고 있었다. 그러고 보면 아이라는 존재는 리얼리스트이기도 하다.

소중하게 기르던 제 비둘기를 어쩔 도리 없이 갈취당할 운명에 처한 S는, 자신에게 들이닥친 불운을 한바탕 탄식하고 난 뒤 열 살 남짓한 어린아이의 것이라고 도저히 상상할 수 없는 어두운 표정을 지으며 나에게 말했다.

"너, 혹시 알고 있었어?"
"뭘 말이니?"
"저기 있잖아, '조얀' 그 녀석 조선사람이라는 거……."
"……"
"모두 그렇게들 말하더라구, '조얀'이 조선인이라고……."

　평소 일본식 이름⁴을 쓰고 있던 관계로, S는 내가 조선인이라고는 꿈에도 생각지 못했던 것 같다. 게다가 나는 조선인들이 몰려 사는 문제의 지역 반대쪽, 말하자면 따뜻한 햇살이 비치는 양지바른 곳에 거주하는 사람이었으니 더 그랬을 테다.
　S가 한 말이 정말 사실일까? 나는 당혹스러웠다. 그렇다면 '조얀'의 '조'라는 말은 '조센'朝鮮의 '조'를 가리킨다는 것인가? 조사쿠長作라든가 조키치長吉 같은 흔한 이름에서 유래한 별명이라고만 생각하고 있었는데…….
　'조얀'이 조선사람이 아니었으면 좋겠다고, 나는 마음속으로 간절히 기도했다. 동시에 나 자신이 조선인이라는 사실을 어떤 방법으로 S에게 고백하면 좋을까 하는 고민에 빠졌다. 그러나 어차피 S와는 서로 깊은 속마음을 털어놓

사 라 져 가 는 말 1

39

는 사이가 되지 못하리라는 사실이 어린 내 마음에도 이미 깊고 또렷하게 각인된 상태였다.

집으로 돌아온 후, 둘째형이었던가 셋째형에게 "형, 조얀 있잖아. 조선사람 맞아?" 하고 조심스레 물어보았더니, "글쎄……, 아마 그렇지 않을걸?" 하는 모호한 대답만이 돌아왔다. 어차피 불공정하고 조야한 것이면 모두 '조선'으로 통하고 있었기 때문에, '조얀'의 문제 역시 어쩌면 S가 지레 짐작하고 있었던 것일지도 모른다. 물론 '조얀'이 실제로 조선인일 수도 있는 일이다. '조얀'의 국적에 관한 진상은 아직까지 밝혀지지 않고 있다.

*

내 기억으로 나는 초등학교를 졸업하기 전 2년 동안 소위 민족학급이라는 수업에 출석했다. 방과 후 친구들과 놀기를 마다하거나, 사회시간에 모든 급우들의 시선을 받아가며 교실문 밖으로 나서는 일은 썩 마음 편한 일이 아니었다. 그런데 이보다 더 나를 멋쩍게 만들었던 것은 선생님의 심부름으로 민족학급에 출석하지 않는 다른 조선인 학생들을 호출하러 가는 일이었다. 나는 '우등생'이라는 이유로 자주 이 역할을 맡아야 했다.

그 아이의 본명은 잊어버렸지만, 옆 반에 '사와다'라 불리던 소녀가 있었다.

가정이 빈한했던 탓에 옷차림도 수수했지만, 자그마한 몸집에 까무잡잡한 피부, 또 커다란 눈망울에는 어딘지 모르게 귀여운 구석이 있었다. 소녀 사와다를 부르러 가는 일은 답답하면서도 우울한 고역이었다.

맨 처음 내가 사와다를 부르러 갔던 그 순간부터 사와다가 조선인이라는 사실이 그녀의 반 친구들에게 알려지게 되었지만, 그런 상황에서도 사와다는 계속 사실을 감추러 들었다. 내가 그녀를 데리러 가면 처음에는 못 들은 시늉을 했는데, 이런 상황이 반복되자 사와다는 정말로 내가 미워 죽겠다는 표정을 짓게 되었다. 그리고 결국에는 복도나 교정에서마저 나를 피하려 들었다. 사와다가 즐겁게 웃고 있는 모습을 보고 내가 가까이 가면, 내가 그녀의 시야에 포착되는 순간 사와다는 바로 얼굴 표정이 굳고 고개도 힘없이 떨구어졌다. 선생님의 분부를 받들어 행하는 '정의의 사자'로서 득의양양한 기분이 전혀 없었다고는 말할 수 없겠지만, 그것 이상으로 사와다의 미움을 받으며 따돌림당하는 현실이 정말 부조리하게 느껴졌다. 어쩌면 나는 아주 조금은 사와다를 좋아했는지도 모르겠다.

민족학급을 처음 담당하신 분은 김 선생님이었다. 하얀 피부에 이마가 넓은 여자 선생님이셨다. 선생님께서는 먼저 조선어 인사말을 가르쳐주셨는데, 일본의 '사요나라'에 해당하는 '안녕히 계십시오'라는 말이었다. 하지만 제대로 발음을 하지 못했던 나는 언제나 장난스럽게도 '안조케쇼세'라고 발음했다.

조선어 인사말을 배운 그 날, 나는 한걸음에 집으로 달려가 어머니께 그렇게 인사를 드렸다. 어머니는 "녀석, 바보 같기는……, 선생님께는 그렇게 말하면 안 되지" 하시면서도 당신 자식이 조선어 비슷한 말을 하는 모습이 어지간히 대견하셨던지, 한껏 웃음을 보이셨다.

내 아버지와 어머니가 재일조선인 1세대임은 틀림없는 사실이었지만, 양친 모두 대여섯 살의 유년 시절에 일본에 건너오신 관계로 일상생활에서는 조선어보다도 일본어가 더 친숙했다. 우리 집에서 조선어를 들을 수 있는 경우라면 연세 지긋하신 친척 어르신들께서 놀러 오셨을 때나, 양친이 우리 형제들이 알아듣지 않았으면 싶은 내밀한 이야기를 나누실 때가 전부였다.

인근 대중목욕탕에서 자주 만나시는지, 어머니는 '민족학교'의 김 선생님을 마음에 들어 하셨다. 그런데 1년쯤 흘렀을까? 김 선생님이 뜻하지 않게 학교를 떠나셨다. 어머니께서 목욕탕에서 들은 풍문에 따르면 일본사람과 결혼했기 때문에 부득불 학교를 그만둘 수밖에 없었다는데, 그 진위는 알 수 없다. 김 선생님의 후임으로는 정씨 성의 남자 선생님께서 오셨는데 나는 정 선생님과 가까워지지 못한 채 민족학교와 멀어졌다. 많아야 일주일에 두세 시간 하는 공부 가지고는 어차피 무언가 큰 것을 바랄 수 없었기 때문인데, 그런 이유로 내 조선어 실력은 '안조케쇼세'의 수준에서 멈춰버리고 말았다.

초등학교에서 나는 민족학급이라는 수업에 참여했다.
방과 후 친구들과 놀기를 마다하거나, 사회시간에 모든 급우들의 시선을 받아가며
교실문 밖으로 나서는 일은 썩 마음 편한 일이 아니었다. 그런데 이보다 더 싫었던 일은
선생님 심부름으로 수업에 오지 않은 다른 조선인 학생들을 호출하러 가는 것이었다.

　중학교에 입학한 뒤부터 나는 본명을 썼다. 그 이후로는 내가 조선인이라는 사실을 끊임없이 주장하며 지내온 나날이었지만, 예전과 마찬가지로 조선어는 여전히 모르는 상태였다.

　어느 날 학교를 마치고 함께 집으로 향하던 T라는 학우가 "너 이게 무슨 말인지 알아?" 하며 의미가 불분명한, 마치 마법의 주문과도 같은 단어를 반복해 들려주었다. 내가 모르겠다고 대답하자 T는 "뭐라구? 이건 조선말이라구. 너는 조선사람이면서 이것도 모른단 말이야?" 하며 한바탕 야단법석을 떨다가 "우리 아버지한테서 배웠어. 전쟁이 끝날 때까지 우리 아버진 조선에 계셨거든" 하는 것이었다. T의 부친은 일본이 전쟁에서 패하자 조선에서 일본으로 귀향해 온 사람이었다. 식민 지배자의 후손에게서 나의 모국어상실증을 조롱당하는 역설적인 광경이 연출된 셈인데, 하지만 그때 나는 T의 그 말을 나에 대한 호감의 표시로 받아들이려 했다.

　그렇지만 T가 반복했던 주문과도 같은 몇 마디 말은 곧 가시로 바뀌어 내 가슴에 박혔고, 오랫동안 깊은 상흔을 남겼다. 집으로 돌아와 그 주문 같은 말을 읊조리며 어머니께 여쭈어보았지만, 어머니는 이상한 표정을 지으시며 "도대체 무슨 말을 하는 건지 모르겠구나"라는 말만을 남기시고는 바쁘다는 듯 집안일을 돌보셨다. 내 발음이 엉망이었던가, 아니면 애초부터 T의 '주문'이 조선어답지 못했던 때문이었을 것이다. 하지만 왠지 꼭 그런 이유 때문만은 아니라는 느낌도 들었다.

그런 일이 있고 4~5년이 흘러 어느덧 내가 대학생이 되고 조선어 사전을 들추는 법쯤은 알게 되었을 때, 내 기억의 심연에서 T의 그 주문이 되살아났다. 그것은 분명 '우리, 탕신, 파넷소'라는 말이었다. 고생고생해서 사전을 들춰보니 그 말은 조선어라고는 할 수 없는 단어의 나열에 지나지 않는데, 이를 문장으로 표현하면 "우리는 당신에게 반했다"는 뜻이었다.

곧바로 나는 씁쓸한 생각에 사로잡혔다. 음식인 줄 알고 입에 넣은 게 젖은 걸레로 드러난 것 같은, 무어라 표현할 수 없는 착잡한 심정이었다.

"우리, 당신, 반했소……."

식민지 시대에 조선반도에 있던 일본인, 그것도 처자까지 거느린 남자가 이런 서툰 몇 마디 말을 입에 올리는 때란 과연 어떤 경우일까? 필시 T의 아버지는 조선의 유곽이나 술집에서 이 말을 배웠으리라. 그러고는 조선의 아녀자들을 붙들어놓고 의기양양해하며 내뱉지 않았을까?

어머니께서 애매모호한 표정을 지으신 까닭도 이로 미루어 짐작할 수 있었다. 조선에서 일본으로 귀환한 지 십수 년이 지나고, 자식의 학우 중에 조선인이 있다는 말을 들은 T의 아버지는 그 위세 당당하던 식민지 시대에 대한 향수, 회고의 정이 울컥 북받쳐 오르기도 했으리라. 그러고는 너도 한번 그 조선인 학생을 시험해보라며, 이 조각난 말들을 어린 자식에게 가르쳐주었을지도 모르겠다. 그 아이가 "그 녀석 무슨 말인지 모르겠다던데요" 하며 아버지께 보고했을 때, 과거 식민 지배자였던 그는 어떤 표정을 지었을 것이며 또 무엇을 추억했을까?

그러나 모국어상실자였던 나는, 오랫동안 그 같은 상상의 나래를 펴는 일조차 불가능했다.

*

중학교에서 T와 서로 알고 지내던 즈음 나는 시를 읽기 시작했다. 조선인이 쓴 시를 처음으로 읽은 것은 아오키에서 발간된 허남기 시인의 『조선의 겨울이야기』朝鮮冬物語라는 책에서였다.

오늘도 온종일
조선의 딸들은 빨래를 한다.
물에 적서서는 두드리고
눈물에 적서서는 헹구고 하여
오늘 온종일

이 강가에서 빨래를 한다

(……)

아아, 그리고 그것은
이 불쌍한 녀인들이
불도 없는 어둔 생활 속에서 보내는
단 하나의 위로고
말동무인
그 불행한 아낙네의 족보고
력사다

이 땅의 녀인들은
그 짜디짠
족보를 씻고 있다
그 눈물에 젖은
력사를 헹구고 있다

「영산강」榮山江에 나오는 구절이다.

이 시를 읽으며 어머니나 친척 여자들의 모습을 투영해보기도 했지만, 잠시 동안은 사와다가 떠올라 우울한 감정이 다시 피어올랐다.

나는 이 시를 직시하고 싶지 않았다. 되도록이면 읽고 싶지가 않았다.

그럼에도 불구하고 '역사를 빨래한다'는 심상만큼은 나도 모르는 사이 뇌리 속에 단단히 뿌리를 내렸다. 이제 와 되돌아보면, 훗날 내가 지은 시에서도 저 「영산강」의 영향을 숨길 수가 없다. 하지만 조선 민족의 그 '짜디짠 역사'에 대해 내가 어느 정도나마 이해하게 된 것은 그보다 훨씬 훗날의 일이다.

1. 정규수업 외에 따로 민족교육을 하는 일종의 특별활동. 민족교육 운동의 일환으로
일본 전역에서 추진되었다. 1948년 일본 정부의 조선인 학교 강제 폐쇄 등 강경한 방침에
맞서 시위를 하다 다수의 사상자와 구속자가 발생했고 특히 오사카의 경우는 경찰이 발포해
16살 소년이 목숨을 잃는 일까지 벌어졌다. 결국 문부성과 조선인교육대책위원회가 일본의
공립 학교에 다니는 조선인 아동이 민족학급에 참여할 수 있도록 한다는 각서를 교환했다.
2. 이 지역에 대한 이러한 인식은 요즘도 여전하다.
3. 1956년 조총련이 설립한 대학. 창립 당초 2년제였으나 1958년 4년제 대학으로
승격되었고, 1957년부터는 북한의 지원을 받았다. 이 때문에 각 지역에서 산발적으로
이루어지던 '민족교육'이 구심점을 찾게 되었다.
4. 재일조선인의 80% 이상이 이렇듯 일제시대 창씨개명 당시 바꾼 성을
아직까지 그대로 사용하고 있다.
5. 교토 사투리로 '분단장 잘 하세요'라는 뜻이다.

사라져가는 말 2

김소운 편역 『조선시집』

이와나미에서 문고판으로 나온 김소운 편역의 『조선시집』朝鮮詩集은, 원래 1940년 가와데쇼보河出書房에서 간행되었던 번역시집 『젖빛 구름』乳色の雲을 저본으로 삼고 있다. 『젖빛 구름』은 당시 조선을 대표하던 시인 45명의 작품을 모아놓은 선집이며, 일본어로 번역된 최초의 조선어 시집이다.

그 시점, 곧 1940년은 일제의 진주만 공습 직전이며, 한편 조선에서는 일제의 황민화정책皇民化政策이 극한으로까지 치닫고 있던 때이기도 하다. '국어상용'이라는 슬로건 아래 조선어의 사용을 금했고, 창씨개명으로 조선식 이름마저 쓸 수 없게 했다. 「황국신민의 서사」皇國臣民の誓詞의 제창과 궁성요배宮城遙拜, 신사참배神社參拜를 강요하기도 했다. 조선어학회는 독립운동 혐의로 탄압을 받았고, 그 때문에 조선말큰사전의 편찬 사업도 무산되고 말았다.

시집을 편역한 김소운은 이 『조선시집』에 이어 전기, 중기, 후기의 전3권으로 이루어진 결정판 『조선시집』의 발간을 꾀하고 있었다. 전기와 중기 두 책은 1943년 고후칸興風館이라는 출판사에서 출간되었지만, 제3권은 조선총독부 도쿄출장소의 검열 결과 "시국에 맞지 않는다"는 이유로 발행허가를 받지 못해 결국 빛을 보지 못했다고 한다.

조선이 해방되고, 그러니까 일본이 패전하고 1953년에 『젖빛 구름』은 소겐샤創元社에서 단행본 『조선시집』이라는 이름으로 다시 세상에 나왔다. 이듬해인 1954년에는 이와나미 문고 안에 포함되면서 지금까지도 판을 거듭하고 있는

데, 옮긴이의 「문고판 서문」에 따르면 이와나미 문고판에서는 소겐샤의 『조선
시집』에 수록돼 있던 전체 시 가운데 약 3분의 1을 제외시켰다고 한다.

　나는 중학 3학년 때 바로 이 이와나미 문고판으로 『조선시집』을 처음 읽었
다. 그래서 언젠가는 소겐샤 것까지 손에 넣고 말겠다고 줄곧 생각해왔다.

　시집의 첫머리를 장식하는 시는 이하윤[2]의 「들국화」이다.

나는 들에 핀 국화를 사랑합니다.
빛과 향기 어느 것이 못하지 않으나
넓은 들에 가엾게 피고 지는 꽃일래
나는 그 꽃을 무한히 사랑합니다.

나는 이 땅의 시인을 사랑합니다.
외로우나 마음대로 피고 지는 꽃처럼
빛과 향기 조금도 거짓 없길래
나는 그들이 읊는 시를 사랑합니다.

　'만사 조야한 것들의 대명사인 조선에도, 이렇듯 섬세하면서도 가련한 시
를 노래한 시인이 있었단 말인가!' 시를 읽은 첫 감상이었다. 하지만 이 시인은

들국화처럼 외로이 홀로 피었다가 졌다고 한다.

시인 이하윤을 예외로 치자면, 사실 『조선시집』에 실린 시들을 나는 잘 이해할 수 없었다. 한자나 가나假名 표기가 고풍스럽고 어려웠다는 점도 있겠고, 좋게 얘기하면 김소운의 번역문이 너무 매끄럽고 유려했던 때문에 중학생인 나의 이해력으로는 감당해내기가 힘들었다는 것도 이유가 되었다. 무엇보다 이 시들이 쓰여진 사회적·시대적 배경 같은 문제에 관한 한 내 지식은 백지장보다도 더 얄팍하고 가벼웠다.

나중에 깨달은 사실이지만 『조선시집』에서 다룬 45명의 시인 중에는 모윤숙이나 이광수같이 친일경력이 문제가 되는 시인들도 있었고, 한용운, 이상화, 이육사와 같은 항일 민족시인들도 포함돼 있었다. 하지만 당시 나는 그런 사실을 알 길이 없었다.

내 마음을 격렬하게 뒤흔들었던 것은, 이들 시 자체보다도 「조선의 시인들을 일본시단으로 맞아들이기 위한 글」이라는 제목이 달린 사토 하루오의 글이었다. 문고판이 1940년 초판 『젖빛 구름』을 위해 작성된 글을 고스란히 '해설'로 수록한 것이었다.

뜻밖에도 구미문물의 직접적 침략으로부터 용케도 그 화를 면할 수 있었던 아시아의 한 귀퉁이 반도에, 순수한 아시아의 시심詩心이 『젖빛 구름』으로 화하여 떠올라, 폐허처

럼 잔존하고 있던 모습을 발견해낸 사건은, 내 개인적으로 근래 다른 무엇에도 비할 수 없는 쾌거였다. (……) 진정 이들이 바야흐로 폐멸廢滅하려는 언어를 통해 제 백성들에게 최후의 노래를 불러주었던 그 특별한 사정이, 우리 가슴에 이토록 깊이 호소하며 울려오는 것은 아닐까.

폐멸하려는 언어? 최후의 노래?

더욱이 사토 하루오는 조선 시인들에 대해 선의로 그렇게 말하고 있는 것이었다. 당시만 하더라도 약 2천5백만 명의 조선인 대부분은 자신의 모어인 조선어를 쓰면서 하루하루를 살아가고, 생각했으며, 또 서로 사랑하며 노래하고 있었다. 그런 언어를, 일본은 폐멸시키려 했던 것이다. 그 같은 일이 가능하다는 망언에서 그치는 것이 아니었다. 그것이 필연이며, 선이라고 아무런 거리낌 없이 함부로 말하고 있었던 것이다. 조선어에 대해, 더 나아가서는 조선민족의 문화 전체에 대해 이렇게까지 근본적으로 부정하는 글이 그 조선인들의 시집을 장식하고 있었던 것이다.

사토 하루오는 다시 글을 잇는다.

생각해보면 고려 말 이후 이조李朝 5백 년, 수세기 동안 이어진 악정은, 본디 결코 무능하지만은 않았던 이 나라 백성 대다수를 노회老獪한 무능자無能者로 만들어놓았음에도,

(……) 저들의 준민순진俊敏純眞함은 〔이들에게〕 시인의 모습으로 살아가는 묘법妙法을 잊지 않고 깨우쳐주었다.

노회한 무능자?

그것은 바꿔 말하면, 불공정이며 비열하고 떳떳하지 않다는 뜻이다. 조선어는 일본의 패전으로 말미암아 적어도 조선반도에서는 가까스로 폐멸될 위기를 피하기는 했지만, 일본에서 태어나 자란 나에게는 이미 사라져버리고廢滅 말았다. 애초부터 자신의 언어가 폐멸된 상태로 세상에 내던져진 '노회한 무능자'의 후예. 그것은 바로 나 자신이었다.

*

고등학교에 진학한 1966년 여름, 나는 난생 처음 한국을 찾았다. 도쿄에서 대학을 다니던 둘째형과 함께 한국 정부가 주최하는 재일동포를 위한 '모국하계학교'라는 행사에 참가하기 위해서였다. 2주 동안 펼쳐진 공식행사에는 우리말 강습이 있기는 했지만, 그보다는 오히려 반공교육이니 38선 견학 같은 일정으로 정신이 없었다. 벼락치기 공부도 해보았건만, 당시 내가 쓸 수 있었던 조선어라곤 "잘 모르겠습니다"나 "우리말, 못 합니다" 정도가 전부였다.

조상의 땅을 처음 밟은 나는, 가는 곳마다 동냥하는 아이들에게 둘러싸였다. 아무 말 없이 두 손을 앞으로 내민 채 한참 동안 나를 졸졸 따라오던 소녀. "구두 닦으세요", "껌 팔아요" 하고 외치며 끈덕지게 나를 붙드는 소년들. '저 아이들은 내 모습이다' 하는 생각이 머리를 스쳤다. 만일 해방 후 내 아버지가 고국으로 돌아가는 길을 택했더라면, 나는 저 아이들과 똑같은 처지, 똑같은 운명에 놓였을 게 분명했다. 할아버지와 더불어 한 발 앞서 고향으로 돌아간 가족들의 생활비를 마련하기 위하여, 장남인 아버지는 일본에 남아 계셨던 것이다. 저 운명의 장난이, 지금 나와 저 아이들을 이쪽저쪽으로 갈라놓고 있었다. 하지만 나에게는 그런 내 느낌과 생각을 전달할 언어가 부재했다.

어느 날 밤, 당시 서울대학교 인근의 종로3가를 지나치고 있을 때였다. 어두운 길거리 가로등 아래 나란히 늘어선 여자들이 내 옷소매를 끌어당겼고, 나는 이들의 위세에 눌려 주춤주춤 뒷걸음치고 있었다. 이들은 손톱으로 내 손등을 가볍게 꼬집기도 했는데, 깜짝 놀란 나는 욕설로도 조롱으로도 들리는 그들의 목소리를 등뒤로 한껏 받아내며 도망치듯 그 자리를 빠져나왔다.

나중에 그 일대가 유명한 매춘굴이며 나를 잡았던 여자들이 가창街娼이라는 사실을 형에게 전해 들었을 때, 내심 조금은 후회했다. 그들 중 한 사람과 하룻밤을 함께 지새우면서라도 그들의 이야기를 들어보고 싶었다며 너무도 안이하게 공상했던 것이다. 물론 그런 일은 현실적으로 불가능했다. 나는 고작 15살밖에 안 된 아이이기도 했거니와, 다른 무엇보다도 우선 그녀들의 이야기를 듣고 이해하는 것조차 불가능했기 때문이다.

　시골 마을에 살고 계신 친척들을 방문했다. 아버지께서 거나하게 술에 취하셔서 기분이 좋을 때면 언제나 귀에 딱지가 앉을 정도로 반복하고 또 반복해서 말씀하시던, 금강 부근의 가난했지만 아름다운 산촌이었다. 코스모스가 흐드러지게 피어난 논둑길을 걸어서 초등학교의 운동회를 보러갔는데, 교문에 '체력은 국력'이라는 표어가 커다랗게 걸려 있었다. 그 정도 문장쯤은 그럭저럭 독해할 수 있었다. 귀한 손님이 찾아왔다며 마을 사람들이 모여들었다.

　일본어로 내 성姓은 일본에서 '소'로 표기할 수밖에 없지만, 실제로는 '세'와 '소'의 중간 음으로 조선어의 고유한 발음이다. 일본어에는 없는 발음인 관계로 내가 그것을 정확하게 발음하기란 무척 어려운 일이었다. 내가 '소'라고 하면 둘러싼 아이들은 왁자하게 웃으며 손뼉을 쳐댔다. 대체 아이들이 무슨 말을 하고 있는지, 무슨 영문으로 아이들이 저러는지 형에게 물어보았더니, 영 못마땅한 표정을 짓고 있던 형은 "네가 한 그 발음은 '음매' 하는 소를 가리킨다"고 했다고 일러주었다. 내 조상들의 터전인 그 땅에서, 나는 자신의 성조차도 제대로 말할 수 없는 실격자가 되고 말았던 것이다.

　이렇듯 나의 언어는 폐멸돼 있었고, 나와 그들은 그렇게도 서로 멀리 떨어져 있었다.

*

　대학에서는 재일한국인 동아리에 가입했는데, 그 주요한 활동 중 하나는 조선어를 학습하는 일이었다. 나는 초급반에 속했다. 또다시 처음부터 시작이었다. 초등학교 시절의 '민족학급'이나 고등학교 때의 '모국하계학교' 등의 경험에서 얻은 어중간하고 단편적인 지식이 남아 있던 터라 발음과 문법을 첫걸음부터 다시 시작하는 것이 나로선 더 고통스러운 일이었다.

　나를 가르친 선생님은 2년 선배인 여학생이었다. 검은 머리에 똑같이 검은 눈동자를 하고 있었다. 그녀는 민족학교에서 초등학교와 중학교를 마친 덕분에, 초급 조선어쯤은 간단히 가르칠 수 있었다.

　차츰 알게 된 것이지만 그녀는 한국인 아버지와 일본인 어머니 사이에서 태어났으며 국적은 일본이었다. 그 같은 삶을 살아가는 사람의 마음 저 밑바닥을 알고 싶은 소망이야 간절했으나, 그런 말을 꺼내기에 나는 아직 미숙하고 서툴고 소심했다. 그녀는 동급생이나 선배들로부터 건방지다는 소리를 듣고 있었던 듯한데, 어쨌거나 후배인 나로서는 도저히 가까이하기 어려운 눈부신 존재였다.

　그 후로도 몇 번인가 조선어학습회가 열렸지만, 이윽고 학교 전체가 봉쇄되고 동아리 전원이 출입국관리법안 반대 운동으로 밤낮을 지새우는 처지가 되었다. 그리고 초급의 재도전은 또다시 흐지부지되고 말았다.

나의 게으름을 논외로 하면 일상을 일본어에 포위된 채 살아가면서, 사라져 버린 언어를 원상태로 회복시키는 것은 그리 손쉬운 일이 아니다. 나의 조선어 실력이 그런대로 모양새를 갖추기 시작한 것은 극히 최근에 들어서부터다. 그때까지 한국의 옥중에서 두 형들이 보내준 조선어 편지들을 한 단어 한 단어 사전을 들춰가면서 읽어온 게 좋은 훈련이 되었다. 1981년 형들의 편지를 일본어로 번역해서 이와나미 신서로 출간한 일이 있는데, 그때까지도 글만 읽을 수 있을 뿐이었고 듣기나 일상회화는 거론하기조차 민망한 상태였다.

　　1988년, 마침내 그토록 학수고대하던 막내형의 석방이 이루어지고, 그 뒤로 나는 이따금 한국을 왕래하게 되었다. 작은형이 여전히 옥중에 있던 터라 형을 면회하러 가서 감옥 관리자들과 부딪치거나, 언론의 인터뷰에 응하거나, 한국의 친지들을 만나면서 내 의지와는 무관하게 회화를 실전에 옮겨보게 되었다. 귀 기울여 열심히 듣고 앞뒤 가리지 않고 무턱대고 말을 하는 동안 퍼즐처럼 이리저리 흩어져 있던 말의 조각들이 빠르게 연결되기 시작했고, 내가 생각해도 신기할 정도로 회화 능력이 향상되어갔다.

　　하지만 어휘력이 떨어져 생각만큼 적절한 단어가 떠오르지 않기 때문에, 미묘한 어감을 표현하고 싶을 때에도 간단하게 표현해버리고 마는 경우가 많았다. 말을 건네고 난 뒤 그제야 '상대방의 눈에 내가 실제보다 단순하고 유치하게 비치지나 않을까' 하는 생각이 들어 마음이 편치 않았다.

사력을 다해 조선어로 말을 걸었던 상대로부터 내 말의 내용과는 무관하게 "일본에서 태어나 자라신 분치고는, 한국어가 아주 능숙하신데요"라며 위로받는 경우도 있다. 솔직히 그때마다 안타깝고 허전했던 심정은 뭐라고 표현할 수가 없다.

초등학교의 '민족학급' 시절부터 30년 남짓, 나이 마흔을 넘긴 지금에 와서도 나의 조선어는 감히 '폐멸될 위기를 넘겼다'고 말할 수 있는 상태가 아닌 것이다.

*

정확한 날짜는 잊었지만 대학을 졸업하고 10년이 흐른 뒤 대학 동아리에서 조선어를 가르쳐주던 그 여자 선배와 우연히 만난 일이 있다. 그녀는 지방의 모 국립 대학의 조교수로 변신해 있었고, 대기업에 근무하는 일본인과 결혼하여 남편의 성姓을 따르고 있었다. 우리 두 사람은 오랫동안 많은 이야기를 나누었다. 그러나 서로 처지가 너무 달랐던 걸까? 이야기는 중심을 잃고 도무지 맞물리질 않았다. 그래도 나는 '이렇듯 다른 상황 속으로 우리를 몰아넣은 것도 하나의 역사인 이상, 비록 다른 모습으로 살더라도 우리는 하나다. 혈통과 국적이 문제가 아니라 바로 그 모습 자체가 그대로 조선민족의 모습이다'라고 고집스레 상념에 잠겨 있었다.

　헤어질 시간이 다가오자 그녀는 오래된 낡은 책 한 권을 내게 건네주었다. 그 책은 내가 진작부터 찾고 있던 소겐샤의 『조선시집』이었다. 그것이 너무도 상징적으로 느껴져 나는 쓰리고도 벅찬 감상에 붙들리고 말았다.

　시집을 열어보니 예상했던 대로 이와나미 문고판에서는 대하지 못한 시들, 예컨대 조명희의 「주도」呪禱³가 실려 있었다.

주主여!
그대가 운명의 저울로
이 구덕이를 집어 세상에 드러트릴 제
그대도 응당 모순의 한 숨을 쉬였으리라
이 모욕의 탈이 땅 우에 나둥겨질 제
저 맑은 햇빛도 응당 찡그렸으리라.

오오 이 더러운 몸을 어찌하여야 좋으랴
이 더러운 피를 어따가 흘려야 좋으랴
주여 그대가 만일 영영 버릴 물건일진대
차라리 벼락의 영광을 주겠나이까

벼락의 영광을!

　역사의 부조리한 운명을 강요받은 민족의 분노랄까 고통이랄까 그 무엇으로도 표현할 수 없는 감정이 북받쳐오르는 듯하다.

　1920년대 카프KAPF의 중심 멤버로 활동하면서 일제의 식민 지배에 저항했던 조명희는, 1927년 일제의 탄압을 피해 극동 소련령으로 망명했다. 그 후로도 소련에서 활동을 계속했지만, 1937년 9월 돌연 '반혁명분자'로 연행된 후 영영 소식이 끊기고 말았다. 훗날 소련 당국은 조명희가 1944년 2월에 옥사했다는 사실을 가족들에게 통보했는데, 실제로는 체포 직후 곧 총살당했을 것으로 추측하고 있다. 당국에 체포되기 직전 '간도'의 항일무장투쟁을 묘사한 장편소설을 완성한 듯하나 그마저도 아직 발견하지 못한 상태이다.

1. 일본천황이 있는 곳을 향해 절하는 행위로, '동방요배'라고도 불렸다.
2. 1906~1974. 시인·영문학자. 해외문학파로 외국시를 번역하여 한국 근대 서정시에 많은 영향을 주었다. 해방 뒤 프롤레타리아문학에 대항해 설립된 중앙문화협회를 이끌었다. 작품으로 「잃어버린 무덤」, 「노구老狗의 회상곡」, 「물레방아」 등이 있다.
3. 이 시에는 원래 제목이 붙어 있지 않다. 「주도」는 일본어 번역시에 붙은 제목이다.

다리를 소유하려는 사상

프란츠 파농의 『대지의 저주받은 사람들』

1966년 봄 나는 고등학교에 진학했다. 같은 대학의 부속 고등

학교로 진학한 것이다. 입학하고 며칠째 되는 어느 날 한 선생님이 전교생을 앞에 두고 말했다.

교토대학京都大學이 어디에 있는 대학인가? 바로 이곳 교토다. 그런데 교토대학 합격자들의 출신 고등학교 순위를 보면, 오사카니 뭐니 여타 부현府縣의 고등학교들만 상위 그룹에 들어 있지 않은가. 도대체 이래도 괜찮단 말인가!

어이없을 정도로 노골적이기는 했지만 나는 크게 놀라지 않았다. 당시 교토에서는 입시 경쟁을 완화하고 학교 간 격차를 해소하기 위해 니나가와 도라조蜷川虎三[1]가 공립 고등학교의 입학시험을 소학구제小學區制로 치르는 정책을 펴고 있었고 교토에는 높은 대학 진학률을 자랑하는 명문 공립 고등학교가 없었다. 국립 학교인 내 모교는 교토 시정부의 그 같은 평등주의적 교육이념에 대한 안티테제로 탄생했던 것이다.

고등학교에서 나는 문예부에 들었다. 그해 사르트르와 시몬느 보봐르가 일본을 방문해 교토에서도 강연회가 개최되었다. 나는 그 강연회에 참석할 수 없었지만, 문예부 선배들은 한명도 빠지지 않고 강연회장으로 향했다. 말하자면 사르트르는 그들의 영웅이었다. H라는 선배는 자신을 사르트르로, N이라는 선배는 자신을 카뮈로 자임하면서 서로 논전을 펼치기도 했다. 메를로 퐁티 Maurice Merleau-Ponty에 한껏 심취해 있던 W라는 선배는 그 분야로 연구를 거듭 하여, 지금은 이름난 학자가 되었다. 하늘을 찌를 듯했던 거한巨漢의 A선배는 아 베 고보安部公房²에 관한 의욕적인 평론을 발표했지만 채 완성하지 못했다. A는 학교 근처 스트립쇼 극장의 단골손님으로도 유명했는데, 그 후로 그에 대한 소 식은 들리지 않는다.

이런 조숙한 선배들의 자극을 받아 나도 사르트르를 읽기 시작했는데,『존 재와 무』L'être et le néant(1943)는 지나치게 난해했고『구토』La nausée(1938) 같은 소 설에서도 별다른 홍미를 느끼지 못했다. 그 당시 나의 주된 관심사는 사르트르 의 시사 논평이었다. 선배들의 관심이 고답적高踏的이었다면 나의 관심은 비근卑 近했던 것이다. 당연한 결과였겠지만, 그래서 선배들과 나는 끝까지 서로의 고 민이나 비밀 등 속마음을 숨김없이 터놓고 이야기할 수가 없었다.

곁에 놓인『상황 5— 식민지문제』Situations(1947)의 판권을 살펴보니 1965년에 간행된 책이다. 큰형이 구입한 책인 듯 꼼꼼하게 책 겉표지를 씌워놓았고, 본문 을 넘겨보면 고교 1학년이던 내가 삐뚤삐뚤 밑줄을 긋거나 여백에 나름대로 소 감을 기입한 흔적도 남아 있다.

그 가운데「식민지주의는 하나의 체제이다」와「하나의 승리」는 여러 차례 반복해서 읽었다. 전자는 프랑스의 알제리 지배, 특히 토지의 수탈을 고발하고 프랑스 식민주의의 기만성을 폭로한 작품이다. 사르트르는 여기서 프랑스인들이 반드시 해야만 하는 '유일한 시도'는 "알제리 인민의 편에 서서 식민지의 폭정으로부터 알제리인과 프랑스인을 동시에 해방시키기 위해 투쟁하는 일이다"라고 결론짓는다. 이 글을 읽으며 '지배자와 피지배자의 동시해방'이라는 이미지가 내 안에서 부풀어올랐다. 그 이미지를 조선과 일본의 관계로 치환하여 상상하고 있었음은 두말할 나위도 없다.

「하나의 승리」는 앙리 알레그Henri Alleg[3]의 저서 『심문』La question(1958)에 부친 글이다. 앙리 알레그는 실제로 알제리 인민 편에 서서 싸우다 체포되었고 그 후 프랑스 공수특전대의 악랄한 고문을 받았다. 사르트르의 원문은 1958년 3월 6일자 『엑스프레스』L' Express에 발표되었는데, 이 글이 실린 해당 호는 즉각 발매금지 조치를 당했다고 한다.

고등학교 1학년 가을, 문화제 행사의 일환으로 질로 폰테코르보Gillo Pontecorvo 감독의 〈알제리 전투〉La battaglia di Algeri[4]를 단체로 관람했다. 실행위원회에 내가 제안했던 것으로 기억한다. 이 영화를 보기 전에 「하나의 승리」를 읽었는지 어땠는지는 확실하지 않지만, 이 영화의 모두에 등장하는 프랑스 공수특전대의 전기고문 장면에서 받은 강렬한 인상만큼은 지금도 잊히지 않는다. 그 장면은 나의 악몽이기도 했다. 저 멀리 다른 나라의 일이 아니라, 나의 조국 한국에서도 진행중인 사건이었던 것이다. 바야흐로 전세계는 민족해방투쟁 시대의 절정을 향하고 있었다.

*

문예부에는 S라는 동급생 여학생이 있었다. 그녀는 문예부 잡지에 사촌간의 연애를 주제로 한 단편소설을 발표했다. 소설의 완성도 자체는 그리 대단한 것이 아니었지만 자연주의풍으로 묘사한 포옹 장면은 교내에 상당한 센세이션을 불러일으켰다. 남학생들 사이에서는 그 묘사가 어느 정도까지 실제 체험을 바탕으로 했는가에 대해 다양한 억측들이 난무했는데, 그 누구도 결정적인 주장을 내놓지는 못했다. 2학기가 끝나갈 무렵부터 나는 그 여학생과 가깝게 지내는 사이가 되었다. 가깝다고는 해도, 그것은 고작해야 학교에서 역까지 10분쯤 하는 귀로를 이따금 함께 걷는 정도에 지나지 않았다. 역부터는 집으로 돌아가는 길이 서로 반대 방향이었기 때문에 그다지 깊은 얘기를 나눌 시간은 없었다. 그런데 서로에 대해 채 알기도 전 1학년을 마치고 난 뒤, 그녀는 곧바로 쇼난湘南⁵ 지방의 어느 작은 도시로 전학을 가게 되었다.

3월 하순 서녘으로 떨어지는 햇살이 눈부시던 어느 날, 나는 잘 가라는 말을 건네기 위해 방과 후 지구과학교실에서 S와 단둘이 만났다.

그녀가 나에게 물었다.

"너, 장래 뭘 할 생각이니?"

"우리나라로 돌아갈 거야."

나는 즉시 대답했다. 그즈음 나는 이런 질문을 받으면, 그렇게 대답하기로 굳게 마음먹고 있던 터였다.

"우리나라라니?"

"한국……."

내가 한 그 말은 그녀가 전혀 예상치 못했던 것처럼 비쳤다.

"왜?"

시선을 위로 올리자, 고개를 갸우뚱 기울이고 있던 S의 눈가에 반짝이는 눈물이 보였다.

그 순간, 내 마음을 가로지른 것은 어떤 기분이었던가?

지금도 생생하게 기억하는데, 그것은 '낙담', '흥을 깬 듯한 느낌'이었다.

1학년 여름방학 때 처음 한국을 찾았다. 그러나 그곳에서 나는 따스한 어머니의 품에 안긴 것 같은 안도감이나 충족감을 느끼지 못했고, 오히려 밀려드는 위화감 때문에 마음이 괴로웠다. 소외감이라 표현해도 좋으리라. 그렇다고 일본에서 지내는 하루하루 역시 행복하다거나 편안하다는 생각은 들지 않았다.

나로서는 주위의 일본인들과 똑같은 인생 경로를 그려볼 수가 없었다. 당시 재일조선인들은 공무원이나 국립 대학의 교수가 될 수 없었다. 변호사도 될 수 없었고 대기업에 취직하기 위해 넘어야 할 벽도 두텁고 높았다. 게다가 설사 대기업에 입사한다 한들, 그곳에서 평생 일하며 사는 것이 과연 무슨 의미가 있을까? '평생토록 일본에서 사는 것을 전제로 내 삶을 설계한다는 것은 더이상 불가능하다. 일본에서 내게 허락된 것은 준비와 대기를 위한 잠시 동안의 삶일 뿐이다.' 이렇게 생각하고 있었다.

'조국'과 '동포'는 내게 자연스런 것도 자명한 것도 아니었지만, 그럴수록 나는 거기에 내 삶을 던져야만 한다고 생각했다. 나는 당시 문예부의 조숙한 선배들이 쓰던 '투기'投企라는 실존주의 용어를 빌려 그 같은 내 심정을 설명하려 했다. 그런 생경한 사고를 나의 치졸한 표현력으로 제대로 전달하기란 당연히 무리였을 텐데, 아직 성급했던 열여섯 살의 나는 S의 몰이해에 그만 낙담해버리고 말았던 것이다.

그렇다면 '우리나라에 돌아가서' 나는 무엇을 하려 했던 것일까?

비록 지극히 짧은 한 시기에 지나지 않았지만, 토목기사가 되어서 조국의 산하에 다리를 놓겠노라 꿈을 꾸던 때가 있었다. 그야말로 어린아이다운 몽상이긴 했지만.

작은형은 그때 이미 도쿄의 대학에 진학해 있었다. 사교적인 성격의 작은형은 휴일 때마다 많은 재일조선인 친구들을 데리고 집으로 돌아왔다. 저마다 가족의 기대를 한몸에 받으며 대망을 품고 대학에 입학한 그들은, 대학 졸업 후

진로에 대해서는 하나같이 거대한 벽에 부딪쳐 괴로워하는 듯 보였다. '일본사회의 배타성'과 '조국의 분단'이라는 이중의 벽에 전도前途가 막혀, 많은 재사才士들이 제 뜻을 펼치지 못한 채 답답하고 울적해하는 모습이었다.

프란츠 파농Frantz O. Fanon(1925~1962)이라는 이름을 처음 가르쳐준 사람은 작은형의 친구 가운데 어릴 적부터 수재라며 칭송이 자자하던 K라는 형이었다.

미스즈쇼보みすず書房에서 『프란츠 파농 저작집』フランツ ファノン集 초판이 발간된 것이 1968년 12월이었으니까, 그러고 보면 K형은 그 이전부터 파농을 알고 있었다는 얘기가 된다. 아마도 스즈키 미치히코鈴木道彦[6] 등이 쓴 짤막한 소개글을 통해 이를 주목하고 있었던 것이리라. 그 만큼 프란츠 파농은 재일조선인 청년들의 심금을 울리는 존재였던 것이다.

K형은 나에게 프란츠 파농이 마르티니크Martinique[7] 출신의 흑인 정신과의사이며 또 알제리민족해방전선의 지도적 이론가이기도 했다는 사실, 그리고 한 민족이 진정으로 독립을 이루려면 "교량橋梁 하나라도 자력으로 건설해낼 수 있는 실력"을 지녀야만 한다고 강조했다는 사실 등을 일러주었다.

대화 중에 끼어든 작은형은, "그러니까 너도 이성 같은 데 관심 갖지 말고 수학이나 물리를 확실히 공부해서 건축과나 아니면 토목공학과 같은 데 진학하라구" 하며 나를 다그쳤다.

'이성에 관심을 두지 말라'는 형의 말은 두 가지 의미를 내포하고 있었다.

오랜 고통의 시간이 지나고 20여 년 만에 두 형과 재회했다.

두 사람은 어린 시절의 기질을 너무도 고스란히 간직하고 있었다.

사람들은 어린 시절 각인되어버린 그 무엇을 짊어진 채,

수많은 괴로움과 얼마 되지 않는 기쁨으로 수놓인, 인생이라는 길고 긴 시간을 인내하며 살아간다.

하나는 '문학청년 티를 내거나 연애질 따위에 빠져 정신을 잃지 말라'는 것이고, 다른 하나는 '나 자신과 일본인 사이에 놓인 입장의 차이를 자각하라'는 뜻이었다.

거리에서는 베트남 반전시위가 연일 되풀이되었고, 내가 진학하려는 대학은 온통 분쟁의 소용돌이에 휘말려 있었다. '자기부정'自己否定이라는 구호가 빈번하게 사람들의 입에 오르내렸다. 대학 수험을 거부하자며 소리 높여 호소하는 이들도 있었고, 다정다감했던 나의 친구들은 감수성이 예민한 그 순서대로 입시 경쟁에서 떨어져나갔다. 나는 친구들을 좋아했지만, 그들 일본인과 나는 서로 처지가 다르다며, '내 삶의 현장은 이곳이 아니다'라며 스스로를 납득시켰다. 그러면서도 나는 시험공부에 집중할 수 없었다. 작은형은 그런 나를 "조국 건설에 공헌하겠다는 커다란 목적을 앞에 둔 녀석이 유아적 사고와 행동에 사로잡혀 있다"며 못마땅해했다.

"교량 하나라도 자력으로 건설해낼 수 있는 실력……."

이 한 마디 말이 비로소 나에게 명확한 인생 설계도를 제시해주었다.

그러나 가슴 아프게도 수학과 물리는 내가 대단히 싫어하고 취약했던 과목이었다. 수학은 언제나 낙제를 겨우 면하는 수준이었고, 물리시간이면 소설책만 읽었다. 한시라도 빨리 진로를 인문계로 바꾸어야만 했다. 나는 낙오자였다. 입시 경쟁에서만 낙오한 것이 아니었다. S에게 강한 모습을 보이긴 했지만 고국에 돌아가 '조국건설'에 공헌하겠다는 인생 설계에서도 거의 좌절을 맛보고 있었던 것이다.

고교 3학년 여름, 입시학원의 하계강좌에 등록한다는 명목으로 도쿄로 올라와 작은형 친구의 하숙집에서 한 달가량 머물렀다. 그러나 학원에는 제대로 나가지도 않은 채 답답한 가슴으로 하루하루를 흘려보냈다. 당시 한 일이라곤 조지 오웰George Orwell의 『동물농장』Animal Farm(1945)을 원서로 읽은 것밖에는 없었다(이것이 내 인생에서 처음으로 독파한 외국 서적이었다). 나날이 찾아드는 초조함을 잊기 위해 이케부쿠로池袋에 있던 '콘서트홀'이라는 명곡찻집에서 서양고전음악을 듣거나 긴자銀座의 긴파리銀巴里에서 상송을 들으며 하릴없이 날을 보냈다.

도쿄에 상경했다는 구실로 1년 반 만에 S를 만났다. 그녀와 헤어질 때의, 치기 어리기는 했어도 결연했던 모습으로 되돌아가려 했다고 믿고 싶지만 실제로 그 만큼 단단한 심정이었는지는 자신할 수 없다. 쇼난 해안의 관광지를 산책하면서 한 마디 두 마디 띄엄띄엄 이야기를 나누는 동안, 차츰 자기혐오가 엄습했다. 에노시마江ノ島 해안의 찻집에서 겉도는 대화가 계속되다가, 라디오에서 소련군이 체코슬로바키아를 침공했다는 소식이 들려왔고 이 보도를 정점으로 S와의 대화가 산만하게 흩어져버린 기억은 어제의 일처럼 생생하다.

1968년이 거의 저물어가고 드디어 입학시험을 목전에 둔 어느 날, 나는 미스즈쇼보에서 막 출간된 『프란츠 파농 저작집』을 읽었다. 막상 책을 펼쳐보니 파농이 말하려는 핵심은 작은형의 말과는 사뭇 달랐다.

하나의 다리橋를 건설하는 일이, 만일 그곳에서 땀 흘리며 일하는 이들의 의식意識을 풍요롭게 하지 못할 양이면, 차라리 그 다리는 만들지 않는 편이 낫다. 시민들은 예전처럼 헤엄을 쳐서 건너든가 아니면 배를 타고 강을 건너면 된다. 다리는 하늘에서 떨어지거나 땅에서 솟아오른 것이어서는 안 된다. 〔다리는〕 사회 전체에 절대로 데우스엑스마키나Deus ex machina[8] 식으로 만들어져서는 안 된다. 그런 방식이 아니라 시민들의 피와 땀, 두뇌 속에서 태어나야만 한다. (……) 시민들은 다리를 개인의 소유물로 생각해서는 안 된다. 그때야 비로소 모든 것이 가능해진다.(『대지의 저주받은 사람들』)

아무리 다르게 읽어봐도 이 문장은 '건축가나 토목기사가 되라'는 이야기가 아니다. 시민의 대립물·장애물로 변해버릴 다리라면 그런 다리는 불필요하다, 다리는 인민들의 필요에 맞게 반드시 인민들의 피와 땀으로 건설되어야 한다는 내용이었다. 나를 인민의 한 사람으로 생각한다면 토목기사라는 목표를 향해 달려가는 것도 잘못된 일은 아니지만, 그러나 그것은 이 글의 핵심이 아니다. 어떻게 해서 땀 흘리며 일하는 인민의 일원이 될 것인가, 어떻게 해서 각 인민이 자기 운명의 주인공이 될 것인가 하는 문제가 파농의 화두였던 것이다.

프란츠 파농은 "먼저 자신의 소외疎外를 의식하지 않는 한 결연하게 전진하기란 불가능하다"고, 또 "민족주의 아닌 민족의식이야말로 우리에게 범세계적인 확산을 가능케하는 유일한 길"이라고 주장한다. 파농에 따르면 제3세계의 민족해방 투쟁은 "이 세계에 인간을, 전인적全人的인 인간을 다시금 도입"하려 한 "거대한 프로젝트"였던 것이다.

아프리카 대륙의 한 귀퉁이에서 울려퍼진, 이 놀라운 한 흑인 지성의 호소는 나를 크게 뒤흔들어놓았다.

자신이 재일조선인이라는 사실, 바로 그 소외의 상황을 의식하는 일이야말로 전진을 가능하게 한다. 그 전진이란 다름 아닌 답답하고 옹색하게 굴절된 일상에서 광활한 보편의 세계로 나아가는 것이다. "전인적 인간의 승리." 일본사회 한 구석에서 끙끙 가슴앓이를 하고 있던 재일조선인인 나 역시도 그 승리의 한 자락으로 이어질 수 있는 것이다.

하지만 그 목표를 이루기 위한 투쟁이 수학이나 물리를 극복하는 정도의 곤란이 아님은 재론할 필요도 없다. 고등학생이던 내가 그런 문제까지 뼈에 사무치도록 이해했던 것은 물론 아니다.

내가 대학 입시를 치르기 1년 전인 1968년, 작은형은 한국의 대학원으로 유학을 떠났다. 막내형은 그보다 한 해 더 빠른 1967년, 고등학교를 졸업하면서 곧바로 한국 유학을 떠났다.

작은형은 파농을 어떻게 이해하고 있었던 것일까?

형들은 어떤 꿈과 이상을 품고 스스로를 '투기'하려 했던 것일까?

어찌 되었건, 형들이나 나나 모두 굳게 믿고 있었다. 원대한 이상과 일상의 욕망, 그 괴리에 온몸이 찢기면서도 제 삶을 의미있는 무엇으로 만들려면 서투를지언정 이상을 향해 도약해야만 한다고.

두 형들이 정치범으로 구속된 것은 그로부터 2년 후인 1971년 봄이었다. 일본에서는 바야흐로 정치의 계절이 그 마지막 잎새를 떨구고 있었지만, 바로 그 순간부터 우리 가족은 한국의 동포들과 더불어 좋건 싫건 정치적 폭풍의 눈 속으로 휘말려 들어가게 되었다.

막내형의 출감은 그로부터 17년이 흐른 뒤에, 작은형의 석방은 19년이 지난 뒤에 이루어졌다.

1. 1897~1981. 통계학자·혁신적 행정관료. 1950년 일본 최초의 비공산당계 혁신지사革新知事로
당선되었다. '지방자치 = 주민이 주인', '생활 속에서 헌법의 이념을 구현하자'는 구호를
내걸고 30년 가까이 혁신 행정을 주도하여 '혁신의 상징'이 되었고, 일본의 각 지방자치단체에
큰 영향을 끼쳤다. 비공산당원이었으나 공산당을 사랑한 '공산지사' 共産知事로 불렸다.

2. 소설가·극작가·연출가. 1951년 「벽」壁으로 아쿠타가와상을 수상했고,
1962년 발표한 『모래의 여인』砂の女로 요미우리문학상讀賣文學賞과 프랑스
최우수외국문학상을 수상했다. 1973년부터 '아베고보스튜디오' 安部公房スタジオ를 결성,
독자적인 연극 활동을 벌였으며 1977년에는 미국 예술과학아카데미
명예회원에 추천되는 등 해외에서 더 높은 평가를 받았다.

3. 프랑스의 작가. 1961년 당시 프랑스령이던 알제리의 독립운동에 관여했다 체포되었다.

4. 1965년 이탈리아와 알제리가 합작한 다큐멘터리풍의 영화. 폭압적인 프랑스의
알제리 식민지정책 아래 신음하던 알제리 민중들이 1954년 민족해방전선을 결성하여
프랑스와 무장투쟁을 전개, 1962년 국제연합의 개입으로 독립을 쟁취한다는 내용이다.
1966년 베니스영화제 황금사자상을 수상했다.

5. 가나가와神奈川 남부 지역. 온난한 기후로 메이지 중엽부터 별장·휴양시설·
해수욕장 등 관광시설이 문을 열었고, 제2차세계대전 이후 공업화가 진행되면서
주택지구로 급속히 발전하고 있다 한다.

6. 불문학자·번역가.

7. 동부 카리브 해에 위치한 섬이며, 프랑스령에 속해 있다.

8. 소설과 희곡, 영화 등 모든 서사의 종결부에서 갑작스레 모든 문제가 해결되는
인위적이며 부자연스러우며 안이한 방식을 뜻한다. 고대 그리스 고전극에서 자주
활용되던 극작술에서 유래한 말이다. 주인공이 궁지에 빠졌을 때 기계장치로 만든 신이
갑자기 등장하여 위기를 타개하고 주인공을 구원하여 결말을 맺는 연출방식인데
이 수법은 중세의 종교극에 이용되면서 일반화되었다.

저 자 후 기

1951년 나는 교토에서 태어났다. 조선인인 내가 일본에서 태어난 것은, 지금부터 70여 년 전 나의 할아버지가 이곳 일본으로 건너오셨기 때문이다. 일본이 조선을 식민 지배하고 있던 그 시절, 오로지 살아남기 위해 고향 땅을 뒤로하고 많은 조선인들이 일본으로 흘러들어왔는데, 내 할아버지 역시 그런 사람들 중 한 분이셨다. 일본에 들어와 민영철도 공사현장에서 땀을 흘리신 할아버지는 이윽고 폐품 수집하는 일을 업으로 삼으셨다. 내 아버지는 할아버지의 손에 이끌려 교토의 극빈지역 이곳저곳을 전전하시다가 어렵사리 초등학교만큼은 졸업하신 듯한데, 그후 곧바로 자전거 가게의 사환으로 들어가셨다. 외할아버지 역시 친할아버지와 거의 같은 시기에 일본으로 건너오셨다. 그리고는 당시 교토 교외이던 우즈마사太秦[1]에 소재한 큰 농장에서 허드렛일을 맡아하셨다. 어머니는 초등학교의 문턱에도 가보지 못한 채, 만 여덟 살 어린 시절부터 니시진오리西陣織의 베를 짜는 공장에서 보모 일을 하셨다.

　　두 분이 동향同鄕이라는 인연으로 소개를 받아 결혼하신 때가 1940년, 일본이 미국·영국과의 전쟁에 돌입하던 바로 그해였다. 결혼 후 두 분은 슈잔이라는 마을에서 소작농으로 일하셨다. 어머니께서 밭을 돌보시는 동안 아버지께서는 섬유 원료를 중개하는 일종의 브로커 일을 하셨는데, 그 때문에 일본 전역을 돌아다니셨다. 위험한 일인 줄 알면서도 아버지께서 징용을 기피하셨던 것역시 가족들이 굶지 않도록 하기 위한 어쩔 수 없는 선택이었다. 내 부모님은 차별과 빈곤의 한복판에서 그렇게 한 가정을 지켜내고 우리 다섯 남매를 키워내셨다.

1945년 일본이 전쟁에서 패하고 조선은 해방되었지만, 아버지께서는 조국으로 돌아가지 않고 일본 땅에 남으셨다. 앞서 고향 땅으로 돌아가신 두 할아버님의 생활이 안정되지 않았기에, 아버지가 일본에서 돈을 벌어 생활비를 보태드려야 했던 것이다. 조선 땅이 끝내 남과 북으로 나뉘고, 1950년 마침내 한국전쟁이 발발하면서 아버지는 고국으로 돌아갈 기회마저 잃고 말았다. 우리 집넷째 아들인 나는 바로 이런 와중에서 태어났다.

내가 초등학교에 입학하던 해, 우리 가족은 교토 우쿄右京의 자그마한 셋방을 벗어나 나카교中京의 엔마치円町에 위치한, 어엿하게 대문까지 갖춘 집으로 이사했다. 비록 공장에 딸린 부속건물이긴 했지만 말이다. 이 변화가 상징하듯, 내 초등학교 시절은 우리 집의 경제적 여건이 상승곡선을 긋던 때였다. 어느덧 빈곤하다고는 할 수 없는 정도가 되었다. 하지만 가난의 고통에 대한 기억은 이미 뼛속까지 각인되어 우리의 일상적인 행동과 심리 저 밑바닥까지 규정하고 있었다.

아버지께서 몇 차례 사업에서 실패하시고, 끝내 집을 남의 손에 넘기게 된 것은 1969년의 일이다. 같은 해 나는 교토를 벗어나 도쿄의 사립 와세다대학에 입학했다. 그 전에 이미 둘째형과 셋째형은 한국에 유학하고 있었다. 1960년대가 끝남과 동시에 '엔마치의 집'을 무대로 전개되던 우리 형제들의 소년 시절은 과거 속으로 영원히 사라져버렸다.

돌이켜 생각해보면 나의 소년 시절은 1960년대라는 시기와 정확하게 중첩된다. 1960년의 '안보'安保[2]에서 1970년의 '안보'에 걸친 10년. 1964년 도쿄올림픽과 고도 경제성장을 경험한 10년. 그 10년은 쉽게 눈에 띄던 '빈곤'이 점차 모습을 감추어가는 10년이기도 했지만 후지타 쇼조藤田省三[3] 선생의 표현대로 일본

사회가 '안락전체주의'安樂全體主義[4]로 전락한 10년이기도 했다.

한편 한국의 1960년대는 4·19혁명을 기점으로 촉발된 반독재민주화투쟁의 10년이었다. 일본의 식민 지배에서 해방된 지 20년째 되던 1965년, 한일협정으로 말미암아 한국사회는 또다시 일본과 깊은 관계를 맺게 되었다. 내가 조국의 땅을 처음 밟은 것은 1966년, 고등학교 1학년 여름이었다. 일본에서 태어난 내가 '민족'과 해후하게 된 시절은 바로 그런 일들이 벌어지던 날들이었다.

그것은 또 전세계에서 펼쳐진 베트남 반전운동과 학생운동의 10년이었으며, 제3세계 민족해방 운동의 10년이기도 했다. 그때까지, 사람들은 아직 이상주의理想主義를 냉소하지 않았다.

바로 그 10년 동안, 일본의 한 귀퉁이에서 한 재일조선인 소년이 데라다 도라히코에서 프란츠 파농에 이르는 정신적 편력을 경험하고 있었던 것이다.

이 책 속에서 내가 '둘째형' 혹은 '작은형'으로 호칭하는 이는 서승을 가리킨다. '셋째형' 내지 '막내형'으로 불리는 인물은 서준식을 말한다. 1971년 봄,

두 형은 모두 한국의 군사정권에 정치범으로 체포되었다. 당시 형들의 옥고는 끝도 없이 계속될 것만 같았다. 그리고 그 사이 어머니와 아버지는 병환으로 세상을 떠나시고 말았다. 이 책에서 점묘해놓은 모습이 우리 형제들의 소년 시절이라 한다면 이 뒤를 잇는 청년시절은, 두 형은 옥중에서 고통을 받고 나는 그저 노심초사 번민하는 사이 지나가버렸다.

다행히도 서준식은 1988년, 서승은 1990년에 각기 살아 출옥할 수 있었다. 두 형이 보낸 시련의 나날에 대한 이야기는 『서준식의 옥중서한』[5]과 서승의 『옥중 19년』[6]에 기록돼 있다.

오랜 고통의 시간이 지나고, 근 20년 만에 두 형과 재회한 후 나는 두 사람이 어린 시절의 기질을 놀라울 정도로 고스란히 간직하고 있다는 사실을 알게 되었다. 그뿐이 아니었다. 오히려 천성의 기질이 극대화되지 않았나 싶을 정도였다. 좋건 나쁘건 '작은형'은 예전 '작은형'의 모습 그대로였고, '막내형' 역시 '막내형'의 기질 그대로였다. 지난날 형제간의 다툼까지 재연되었다. 이 같은 현실은 한편으로는 나를 안도시키기도 했지만, 동시에 얼마간 낙담시키기도 했다. "경험을 쌓으면서 인간은 변해간다"는 말은 응당 옳은 명제다. 그러나 "인간이란 정말이지 아무리 애를 써도 질릴 정도로 변하지 않는다"는 명제 역시 이와 똑같이 옳지 않은가. 형제들과 재회하고 스스로를 되돌아보는 지금, 나는 그렇게 생각한다.

좋건 싫건 어린 시절 각인되어버린 그 무엇을 짊어진 채, 사람들은 수많은 괴로움과 얼마 되지 않는 잔다란 기쁨으로 수놓인, 인생이라는 긴긴 시간을 인내하며 살아나간다. 그리고 사람들에게 그 인생을 인내할 수 있게 하는 힘의 원천은 어린 시절 몸과 마음에 깊숙이 아로새겨진 그 무엇이다.

그런 의미에서 볼 때 나는 이 글을 쓰면서 한낱 지난날에 대한 향수에만 빠져 있었던 것은 아니다. 내 어린 시절에, 또 저 1960년대라는 다시는 돌아오지 않을 시대에 나에게 각인된 무엇, ㅡ 그것을 '이상주의'라 하건 단순히 '고집'이라 부르건 간에 ㅡ 그로 인해 나는 여전히 변하지 않고 걸어갈 수 있기 때문이다.

3년 전 가시와쇼보柏書房에서 나의 오랜 친구가 『리베루스』リベルス라는 잡지

를 창간했으니 글 좀 써주지 않겠냐는 부탁을 했을 때, 책에 얽힌 추억들을 소재로 소년 시절을 회상해보면 어떨까 하는 생각이 너무도 자연스레 떠올랐다. 모리 오가이의 소설 「비타 섹수알리스」vita sexualis의 이름을 따 그 연재물에 '비타 리브라리아' vita libraria라고 제목을 붙인 것은 그 친구의 권유였다. '비타 리브라리아' 는 『리베루스』 제5호(1992년 8월)부터 16호(1994년 8월)까지 한 차례만 제외하고 14회에 걸쳐 연재되었다.

이 책을 마무리하면서 애초 단편적인 읽을거리로 씌어진 열한 편의 글을 새롭게 재배열하고 글의 내용을 대폭 수정, 가필하여 열두 개의 꼭지로 정리했다.

책 이름은 '어린아이의 눈물'로 바꾸었다. 본문에 밝힌 대로 이 말은 에리히 케스트너의 작품에서 따왔다.

1995년 1월
서경식

1. 이곳에서 시대극을 많이 촬영해 지금은 관광지로 유명하다.

2. '미일안전보장조약개정반대투쟁' 日美安全保障條約改定反對鬪爭의 줄임말로, 흔히
'안보투쟁'으로 부른다. 1960년 당시 기시岸 내각이 조약비준을 강행하려 하자 사회당과
학생을 중심으로 전국적으로 전개되었다. 총 참여인원 1800만 명에 검거자만 6만 명
이상이라는 수치가 알려주듯 전후 최대 규모였다. 이 운동은 미국과 일본의 군사제휴
반대에서 민주주의 옹호와 반反 기시 내각으로 운동의 성격이 발전하면서 내각을 사퇴시키는
정치적 승리를 거두기도 했다. 하지만 결국 새 안보조약이 자동 연장되자 시민운동의 열기도
사그라들었다. 고도 성장기를 거치면서 10년 뒤인 1970년 또다시 안보투쟁이 불거지지만
일반 시민들과 괴리된 채 급진적인 체제비판에 머물렀다. 이 운동은 '적군파' 赤軍派라는 말이
상징하듯 과격한 양상을 보이다가 끝내 비극적 최후를 맞이한다. 그리고 이를 즈음해
일본의 사회운동은 안정된 체제 내로 흡수된다.

3. 호세이대학法政大學 교수를 역임했으며, 70년대 이후 상아탑을 벗어나 고도성장기 일본,
나아가 현대문명이 직면한 현실문제에 적극적으로 발언해온 재야 지식인이요,
전후 일본을 대표하는 사상사가思想史家라는 평을 받고 있다. 저서로는 최근 번역된
『전체주의의 시대경험』全體主義の時代經驗과 메이지 국가의 체제원리를 비판한
『천황제국가의 지배원리』天皇制國家の支配原理, 『전향의 사상사적 고찰』轉向の思想史的考察,
『정신사적 고찰』精神史的考察 등이 있다.

4. 고도성장기의 일본사회에 생활의 안락을 추구하던 흐름이 만연한 것을 두고 후지타 쇼조가
'안락전체주의'라는 국민적 이데올로기로 비판한 것을 가리킨다.

5. 일본에서는 가시와쇼보에서 발행되었고 우리나라에서는 1988년 형성사에서
『서준식의 옥중수기』로 번역·출간되었다가 2002년 야간비행에서 재출간되었다.
6. 일본에서는 이와나미 신서로 발행되었고 우리나라에서는 1999년
같은 이름으로 역사비평사에서 번역·출간되었다.
7. 이 책의 원제는 '어린아이의 눈물' 子どもの淚이지만 한국어판에서는 서경식
개인의 회고라는 점이 좀더 선명히 드러나도록 제목을 '소년의 눈물'로 바꾸었다.
대신 본문에 나오는 표현들은 원문의 뉘앙스를 살리기 위해 꼭 필요한 경우가
아니면 바꾸지 않았다.

해 설

일상에서 보편의 세계로
-서경식, 그의 행보에 대한 공감

소년에서 청년으로. 이 10년의 기록은 데라다 도라히코에서 프란츠 파농까지, 자신의 독서 편력 기간과 정확히 중첩되는 재일조선인 서경식의 영혼의 성장사成長史이기도 하다.

그리도 책을 좋아하는 아이였다니. 이렇듯 즐거운 마음으로 책을 읽어준다면 그 책은 또 얼마나 기뻐했을까? 실제 서경식은 성인이 되고 난 후에도 유년 시절 마음에 담았던 몇 권의 책을 벽장 깊숙한 곳에 감춰두고 있었고, 책을 찾노라면 어린이용 삽화가 실린 『데라다 도라히코 작품집』 같은 책들이 얼굴을 내밀곤 했다고 말한다.

그렇다고는 하지만 "아내의 죽음이라는 구슬픈 사건"을 "담담한 어조로 풀어나가는" 도라히코의 에세이가, 어떤 이유에서 고작 열 살에 불과한 어린아이의 마음에 불가사의한 매력을 발산했던 것일까? 구리세공 기술자의 도제로 들어가기 위해 길을 나서는 중국 소년이 주인공인 『양쯔 강 소년』. 그 작품에서 "어딘지 서글픈 서민들의 삶의 모습"을 바라보면서 '달랠 길 없는 허전함과 안타까운 친근감'을 느끼게 된 까닭은 무엇이었을까?

밖에서 친구들과 뛰노는 일보다 책읽기를 좋아했다는, 다소 특이한 아이였던 서경식은 그러나 자신의 그런 행동 때문에 부모님의 꾸지람을 받는 적은 없었다. 도리어 어머니는 그 같은 소년 경식을 보고 너무도 기뻐하셨다. 서경식은 이제 그 연유를 담담한 심정으로 써내려간다. 가난해서 학교에 다닐 수 없었던 그의 어머니는 당연히 글을 읽지 못하셨고, 어린 경식과 함께하는 잠자리에서도 책을 읽어준 쪽은 오히려 아들인 경식 자신이었다고. 대신 조선과 일본에 전해내려오는 옛날이야기를 해주시던 어머니. "그 짧은 순간들은 내게는 물론이려니와 어머니에게도 지극히 행복한 시간이었음이 틀림없다"고 그는 회상한다.

이 『소년의 눈물』이라는 책이 건네는 즐거움과 깊은 사유는, 어린 시절 자신이 느꼈던 감정을 고스란히 "담담하고 진솔한 어조로 풀어나가는" 데서 기인한다. 급기야 그 솔직함은 평소 어머님의 지극한 정성과 사랑을 느끼면서도 '진짜 부모'는 따로 있었으면, 그래서 자신을 데리러왔으면 하고 몽상하던 일까지 기록하는 데 이른다.

서경식이 말하는 "진짜 부모"란 특별히 돈 많은 부자가 아니라 그저 "평범한 일본인"이었다고 기술하는 대목에서, 그의 조국을 무도하게 식민 지배한 일본인의 후예인 나는 철렁 가슴이 내려앉는다.

민족이니 국가니 하는 거창한 관념이 채 싹트지 않았던 어린 시절에도, 경식은 "자신이 주위의 아이들과는 다른 소수자임"을 깨닫고 "막연히 불행을 느끼고" 있었던 것이다!

이 작은 일본열도에서 압도적 다수를 형성하는 일본인은 제아무리 상황을 잘 의식하고 있다 한들 소수자인 타민족을 무심코 압박할 수 있는 존재이다. 그리고 바로 그런 점에서 일본인은 패전 이후 오늘날까지도 과거와 마찬가지로 아시아의 여러 민족들을 멸시할 토양을 끊임없이 확대 재생산해온 셈이다.

앞서 언급한 두 책에 대해 어린 경식이 품었던 그 '친근감'은, 아마도 그가 '막연히 느꼈던 불행'과 중첩되어 있었으리라.

일본 패전 후 6년째 되던 1951년에 태어난 서경식이 어릴 적 자주 입에 올리던 끝말잇기 노래 중 "리카샤의 대머리"라는 구절이 있었다고 회상하는 대목에서도 나는 적잖이 놀랐다. 의미도 알지 못한 채 부르던 끝말잇기 노래 속의 '리카샤'가 '과학자'를 뜻하는 말이겠거니 했던 상식적인 추측은 어이없게도 빗나가고, 그 말이 '리훙장의 대머리'였다는 사실을 얼마 전 병석에 누워 우치다 햣켄의 에세이를 읽다가 깨달았다는 것이다. "……리카샤의 대머리, 지고 도망치는 찬찬 병사, 군대 돗토코 도야마의 38연대……" 우치다 햣켄의 어린 시절, 저 멀리 청일전쟁 뒤 유행하던, 침략을 구가謳歌하는 동요가 포츠담선언을 수락한 지 6년이 지난 교토에서 여전히 아이들의 놀이 속에 아무렇지도 않게 전승되고 있었을 줄이야. 그 같은 끝말잇기 노래는 어쩌면 이제 사라졌을지도 모른다. 그러나 패전 후 반세기가 흐른 지금, 그보다 훨씬 불온한 의도에서, 메이지 시대 이래 일본의 대외침략에 관한 역사기술을 '자학사관'自虐史觀'이라며 히스테리컬하게 공격해대는 '학자'와 '지식인'들이 우후죽순처럼 자라고 있지 않은가!

　어머니가 글을 읽지 못하셨기 때문에 학부형들에게 전달되는 통지서를 읽을 수 없어 급식비를 기일 안에 납부하지 못한 어린 경식은, 마지막까지 자신의 어머니가 문맹이라는 진짜 이유를 밝히지 못한 채, 에리히 케스트너의 『하늘을 나는 교실』의 주인공 마르틴 타라처럼 "절대로 울지 말자!"며 스스로 다짐하면서도 끝내는 눈물을 흘리고 말았다.

어린아이의 눈물.

"어째서 어른들은 자기가 어렸을 때의 일들을 그렇게도 새까맣게 잊어버릴 수 있는 것일까요? 그리고 아이들도 때로는 지극히 애처로운, 가엾고 불행한 존재라는 사실을 전혀 이해하지 못하는 어른으로 변해버리는 것일까요? (……) 아이들의 눈물은 결코 어른들의 눈물보다 가볍지 않으며, 오히려 그보다 무거울 수도 있다는 말은 새삼스럽지 않습니다."

『하늘을 나는 교실』 서문에 실린 이 에리히 케스트너의 말이 가장 마음에 든다는 서경식은 이렇게 말을 잇는다. "어른의 눈물을 아는 자가 아이의 눈물을 안다. 아이의 눈물을 이해하는 자가 어른의 눈물까지 이해하는 것이다."

가난으로 인해 모국어는커녕 자신의 조국을 침탈한 나라의 언어를 깨우칠 기회마저 빼앗겨버린, 서경식의 어머니와 같은 분들은 얼마나 많은 날들을 마음속으로 고통스럽게 눈물흘리며 보냈던 것일까.

어린 자식의 예방주사를 맞히러 보육원이나 병원에 가서도 자신의 주소와 성명을 기록해야 했기에 정말 난처했다는, 야간 중학교 졸업문집에 실린 어느 재일조선인 여성의 글이 떠오른다. 그녀는 나이 쉰을 넘기고서야 비로소, 하루의 혹독하고 고된 노동 뒤에 야간에라도 교육을 받을 수 있게 된 것이다. 역 이름, 자식의 학교에서 전해오는 각종 통지서, 거리의 간판들, 편지 등 어느 것 하나도 스스로 읽어낼 수 없었던 자신이 너무 한심해서 울컥 화가 치밀었다는 또다른 어머니의 글에는, 야간 중학교의 학습을 통해 글을 익히면서 편지와 신문도 조금은 읽을 수 있게 되고 글짓기까지 가능해지자 "마음속에서 기쁨의 눈물이 흘렀다"는 말이 씌어 있었다.

생각해보면 제국주의 일본의 지배만 없었던들 이분들은 생활의 방편을 구하기 위해 일본으로 건너올 필요도 없었을 것이며, 게다가 타국 일본의 문자를 쓸 수 없다는 이유로 부조리한 상황을 감내해야 할 필요도 전혀 없었을 것이다.

그럼에도 불구하고 나를 포함한 일본인 대부분은 그분들의 눈물에 생각이 미치지 못했고, 따라서 그의 자녀들, 곧 소년 경식이 남몰래 흘렸을 눈물도 눈치챌 수 없었다. 또 거꾸로, 눈치채지 못했기 때문에 이 열도 곳곳에서 살아가는 재일조선인 아이들에게 "막연한 불행감"을 가져다주었고, 그들의 가슴에 끊임없이 고통의 눈물을 흐르게 만들었을 것이다.

한편 소년 경식의 성장 과정에는 형들의 영향도 컸다. 특히 둘째형 서승의 영향은 가히 심대했다고까지 말할 수 있다. 초등학교 5학년 이후 둘째형 서승, 셋째형 서준식과 더불어 2층에서 생활하게 된 뒤부터는 특히나 그랬다. 서승은 유난한 책벌레였다. 그래서 경식은 서승이 읽고 여기저기 늘어놓거나 벽장 안에 깊숙이 넣어둔 책마저도 같이 읽고 자랐던 것이며, 형이 들려주는 동서고금의 재미나고 우스꽝스러운 이야기를 매일 밤 들어가며 잠자리에 들었던 것이다. 이 얼마나 풍요로운 형제 사이런가! 서승과 서경식 두 형제 가운데 끼인 '셋째형' 서준식이 둘째형 서승에게 반발하는 미묘한 모습까지 서경식은 선명하게 묘사하고 있는데, 이런 광경은 어디서고 볼 수 있을 법한 모습인 만큼 재미있기도 하다. 여기에 등장하는 서경식의 둘째형과 셋째형은 한국의 군사정권에 정치범으로 체포당해 오랜 세월 옥고를 치른 서승과 서준식 형제라는 사실은 독자 여러분께서 잘 알고 계실 터이다.

중학교에 진학하면서 소년 서경식의 독서는 날로 더더욱 깊어간다. 재일조선인임을 자각하기 시작한 와중에 "반드시 읽어야 할 책"이 있음을 깨달았고 또 나아가 시詩를 읽기 시작했다. 서경식이 20대의 내 시와 대면하고 있다는 사실 역시 나를 놀라게 했다. 세상물정도 모른 채 자란 나는, 도쿄 한 구석에서 중학교 교사로 사회라는 온갖 잡귀들이 우글거리는 세상에 막 발을 들여놓고는 거기서 느낀 당혹스러움과 망설임을 시의 형식을 빌려 표현하고 있었다. 그렇게 쓴 시들이 소년 경식의 심금을 울렸다니, 일견 생활에는 아무 도움도 안 되고 무기력한 것만 같은 문학의 그 심오한 풍성함에 대해 감사하고픈 심정이다.

그러나 시를 즐기던 이 소년은 동시에 루쉰의 작품을 읽으면서, 한일협정 체결 반대 운동에 투신하고 있던 둘째형과 조선문화연구회에서 열정적인 활동을 시작한 셋째형 서준식의 영향을 받아, 지리시간에 일본의 조선 식민 지배에 대하여 긴 발표를 자진하기도 했다. 중학교 입학을 계기로 당당하게 자신의 성姓을 본명으로 밝힘으로써 "새로운 인간으로 출발한다는, 어딘지 모르게 가슴이 후련해지는 듯한 느낌"마저 들었다는 서경식. 하지만 "일본인 속에서 단 한 사람의 조선인으로" 살아온 나날들은 유난히 예민한 감성의 소유자인 소년 경식에게 얼마나 날선 긴장을 강요했을 것인가.

서경식의 발표에 대해 "일본은 조선에 은혜도 베풀었다"며 '맹목적인 믿음'으로 싸움을 걸어온, 여타 학생들에게 큰 영향력을 끼치고 있던 우등생 N군. 그리고 모호한 웃음을 띠던 선생님. 루쉰의 『광인일기』에서 소년 경식이 "이상할 정도의 충격을 받은" 데는 이유가 있다. 실제 현실에서 사람이 사람을 잡아먹고 있다는 사실을 알게 되었기 때문이다(우리 일본인은 아무런 자각도 하지 않은 채, 얼마나 많은 자리에서 그 같은 만행을 저지르고 있는 것인가. N군은 현재 모 국립 대학의 교수로 재직하고 있다 한다).

고등학교에 입학한 후 맞이한 여름, 난생 처음 한국을 찾아간 서경식은 고향에 계시는 친지들을 방문하지만, 자신의 성씨조차 제대로 발음하지 못해 마을 아이들의 웃음거리가 되고 만다. 이때 서경식은 김소운 편역의 『조선시집』 앞에 실린, "폐멸하려는 언어를 통해 제 백성들에게 최후의 노래를 불러주었"다는 사토 하루오의 말을 떠올리며 "애초부터 언어를 폐멸당한 채 세상에 내던져진" 자신의 존재를 통렬히 확인한 것이었다. 여타 일본인 고등학생들과 "똑같은 인생 경로를 머릿속에 그려보는 일조차" 불가능한 자신의 현실마저도.

마지막을 장식하는 책은 그가 대학입학시험 직전에 읽은 『프란츠 파농 저작집』이다. "하나의 다리를 건설하는 일이, 만일 그곳에서 땀 흘리며 일하는 이들의 의식을 풍요롭게 하지 못할 양이면, 차라리 그 다리는 만들지 않는 편이 낫다. 시민들은 예전처럼 헤엄을 쳐서 건너든가 아니면 배를 타고 강을 건너면 된다"고 주장하는 파농을 읽으며 "자신이 재일조선인이라는 사실, 바로 그 소외의 상황을 의식하는 일이야말로 전진을 가능하게 한다. 그 전진이란 다름 아닌 답답하고 옹색하게 굴절된 일상에서 광활한 보편의 세계로 나아가는 것이다"고 판단하고, 크게 그 이상을 향해 걸음을 내딛기 시작하는 젊은 청년.

그 같은 지난날의 자신을 소중히 생각하고 긍정하는 가운데 이제부터 다가올 미래를 향해 걸음을 내딛는 서경식의 존재에 우리는 큰 공감을 느끼게 된다.

이시카와 이츠코(시인)

1. 일본은 패전 이후 제2의 경제대국으로 성장했는데 이와 더불어 사회 전반의
인식도 보수화·우경화되었다. 이러한 인식에 역사적 근거를 제공한 것이
자유주의사관에 기초한 자학사관 비판론이다. 일본을 잔악무도한 집단으로 규정하고
그 역사를 저주·규탄하는 역사적 관점 혹은 정신적 태도에 반대한다는 뜻으로 붙여진
이름이다. 이는 1990년대 이후 '위안부' 문제에 대해 일본정부가 취한 저자세·반성과
사과에 대한 보수 진영의 불만의 표현이기도 하지만, 궁극적으로는 자위권 행사를
포기하도록 규정한 평화헌법 9조의 폐기·개헌을 의도한 주장이기도 하다.
특히 '새 역사교과서를 만드는 모임'과 보수적 사학자들을 중심으로 일본의 침략사를
미화하는 등 공공연한 역사 왜곡을 서슴지 않고 있다.

옮긴이 후기

1993년께던가 뒤늦게 『나의 서양 미술 순례』를 읽던 시절의 기억이 새롭다. 하루하루가 부담스런 시험으로 이어지던 때였음에도, 당장 코앞의 그것에서 묘한 기억 속으로 나를 이끌던 힘의 정체는 무엇이었을까. 그 끈끈한 문체와 압박하는 듯한 저 처연한 흑백사진들이 내 마음을 사로잡았었나 보다. 행간에 웅크려 숨죽인 나즈막한 목소리, 그것이 속삭이는 기억들과의 대면. 사람들은 그것을 단순한 '그림이야기'로만 읽지는 않았을 터이다.

『소년의 눈물』은 역사의 소용돌이에 휘말려 이국의 땅에서 태어난 저자가 성숙한 인간으로 자라기까지 질풍노도와 같은 불안과 고통, 소수자의 실의와 절망을 생의 원천으로 승화시키기까지의 역정을 점묘點描해놓은 자전적 에세이다. 하나의 현絃을 퉁기면 이에 반응하며 육방六方으로 퍼져가는 무수한 존재들의 공명처럼, 이 책이 '독서'라는 프리즘을 통해 펼쳐놓은 이야기들은 독자들마다 다른 울림을 느끼게 해줄 것이다.

1960년대에서 1980년대로 이어지는 저자의 성장사를 접하며 독자들도 저마다 어린 시절을 떠올렸을 법하다. 그러나 동시에 그 추억들이 이끌고 간 삶의 현장에서 오늘의 나=우리를 바라보는 심정은 즐겁고 마음 편한 일만은 아니었을 성싶다. 아름다운 시절의 추억만으로 이 책을 읽기에는 내면과 사회를 오가며 두 세계를 응시하는 저자의 뜨거운 시선이 우리를 부끄럽게 만들기도 한다. 그래서인지 한국어판 발간에 부친 저자의 서문에는 '목메임'에 가까운 격정적인 호흡이 느껴지기도 한다. 가시와쇼보에서 출간된 초판을 번역한 이 책에는 없지만, 쇼가쿠칸小學館의 문고판에 실렸던 후기의 다음 글이 이 서문의 갑작스런 마무리를 보충해줄 듯하다.

'고통'이라고, '슬픔'이라고 표현해야 할 상황을 인식하지 못한 채 일본사회에서 크나큰 정신적 대학살genocide로 내몰린 재일조선인 젊은이들에게 나는 이 책을 전하고 싶다. 그리고 그들, 그녀들을 자신의 참다운 친구로 여기는 일본인들도 부디 이 책을 읽어주었으면 하는 바람이다. 두 민족의 대화와 이해, 우애와 연대, 이것이 내가 바라는 바이다. 이에 도달하기 위해서는 다른 무엇보다 먼저 쓰디쓴 현실을 인식하고, 이 현실과 맞서는 일부터 시작해야만 한다.

    내가 『소년의 눈물』을 만난 것은 지금부터 7년 전 일본의 한 책방에서였다. 그 자그마한 공간, 벽면마다 빼곡히 들어찬 책들 가운데 이 책의 어떤 힘이 나를 이끌었는지 불분명하다. '이런 사람들은 어떻게 살아왔을까' 라는 앙금처럼 남아 있던 소박하고 해묵은 의문 때문은 아니었을까.

    돌이켜보면, 글에 서린 긴장과 복잡다단한 감정, 한낱 미문美文에 머물지 않고 부단히 자신의 내면의 소리에 귀 기울이며 두 사회를 응시하는 선생의 시선을 내가 감당하기란 턱없이 버거운 일이었다. 낯선 작가와 작품은 접어두더라도, 글을 옮기는 동안 내내 나를 괴롭혀온 건 바로 그것이었다. 그럴 때면 '이것이 원래 우리말로 쓰인 책이라면 얼마나 좋을까' 하는 엉뚱한 푸념도 늘어놓았지만, "표면에 드러난 낱글자나 어구에 얽매이기보다는 시인의 참뜻을 가슴으로 받아들여야 진정 그 글을 이해했다고 할 수 있다" 故說詩者, 不以文害辭, 不以辭害志.

以意逆志, 是爲得之는 맹자의 말을 떠올렸다.

　　한 권의 책으로 단장하기 훨씬 전부터 원고를 읽어준 친구들, 내 원고의 가장 어린 독자였던 조카 성규, 가족들에게 고마움을 전한다. 옮긴 글을 대하시고 격려해주신 녹색평론사 김종철 선생님, 출간을 결정하고 원서에 없는 다양한 요소들을 꼼꼼히 챙겨 글을 더욱 생기 있게 돋워준 돌베개 여러분, 아울러 한 권의 책이 탄생하기까지 보이게 또 보이지 않게 땀을 흘리신 분들께도 진심으로 감사의 마음을 전한다.

2004년 8월
이목